听香集

TING XIANG JI

胡俊凯 著

广西师范大学出版社
GUANGXI NORMAL UNIVERSITY PRESS
· 桂林 ·

图书在版编目（CIP）数据

听香集 / 胡俊凯著．—桂林：广西师范大学出版社，
2016.1

ISBN 978-7-5495-7647-0

Ⅰ．①听… Ⅱ．①胡… Ⅲ．①诗词—作品集—
中国—当代 Ⅳ．①I227

中国版本图书馆 CIP 数据核字（2015）第 289637 号

广西师范大学出版社出版发行

（广西桂林市中华路 22 号 邮政编码：541001
网址：http://www.bbtpress.com）

出版人：何林夏

全国新华书店经销

桂林广大印务有限责任公司印刷

（桂林市临桂县秧塘工业园西城大道北侧广西师范大学出版社集团有限公司创意产业园 邮政编码：541100）

开本：880 mm × 1 240 mm 1/32

印张：8.75 字数：210 千字

2016 年 1 月第 1 版 2016 年 1 月第 1 次印刷

定价：32.00 元

目录

第一卷

第二卷

第三卷

第一卷

八声甘州

太行旅怀①

似氤氲水墨写关山，鹰翔九天遐。看沉沟壑陷，高台跃起，平野青纱。雨后斜坡试马，风疾乱飞花。原上追云影，耳畔鸣茄。

独自登临易叹，念数年心迹，底事堪夸。纵辞工豆蔻，难禁浪淘沙。且流连、山川形胜，欲黄昏、觅路再驱车。回眸处，众峰如壁，一抹红霞。

---

① 清明时节，北方山区仍一片苍黄。我们驱车自蔚县经太行八陉之飞狐陉去涞源，行至太行山东甸子梁，盘绕上山，有一巨大高台，海拔两千一百多米，方圆百余里，周围皆为陡峻山峰，人称“空中草原”。原上劲风疾吹，飞花乱舞，草深林茂，马羊成群。

卜算子

飞狐陉[1]

月黑隐天门，风疾飞狐路。虎旆高牙簇悍貔，猿啸林间雾。[2]

千里太行山，八隘金墉固。但得神州众志城，岂让倭顽度！

---

① 飞狐陉(xíng)：太行八陉之一。“山凡中断皆曰陉”，太行八陉包括军都陉、飞狐陉、蒲阴陉、井陉、滏口陉、白陉、太行陉、轵关陉，是古代晋冀豫三省穿越太行山的八条咽喉通道，为古代重要军事关隘。飞狐陉位于太行山脉最高峰小五台山脚下的恒山支脉翠屏山，古为大同进入河北的重要通道，可直达涞源。飞狐陉平均海拔在一千五百米以上，其山高处有如天门。抗战时侵华日军曾兵出飞狐陉偷袭国军。

② 旆：古代旗末端状如燕尾的飘带，泛指旌旗。牙：牙旗，将军之旗。悍貔：貔貅，传说中的猛兽，喻勇猛的军队。

江城子

太行春迟

太行山道树披霜。叶儿黄，草儿荒。古驿春迟，新火御风凉。[1] 满目苍茫收不住，云儿朵，雁成行。

雪溪初化泛磷光，小山庄，土砖墙。斜倚柴扉，村女候情郎？待等风轻花放日，槐树岭，诉衷肠。

---

① 新火：寒食节在清明前一两天，古代风俗要禁烟火，吃冷食，以示追怀之意。寒食节后方可重新生火。我等清明出行，正值新火生时。

定风波

晨游无锡蠡湖①

宝界山前一水秋，蒹葭惊鸟荡轻舟。曲浦客来吟晓月，如咽，苍茫吴越在琴头。

忆昔五湖留挚侣，听雨，怡然晏坐忘乡愁。高子如今应有忿，城近，怎生弹剑咏空悠？

---

① 蠡湖又名五里湖，位于无锡西南，为太湖伸入无锡之内湖，其状如葫芦，面积约九平方公里。相传范蠡偕西施即隐于蠡湖。蠡湖南岸有宝界山，东岸有“高子水居”遗迹，为明末东林党人高攀龙隐居之地。十一月三日晨，我独自沿蠡湖木纹石栈道散步，小径曲曲弯弯，有不少老人作晨练。小亭内有位老人在拉二胡，如泣如诉。依市区一面车水马龙，嘈杂之声不绝于耳。高攀龙诗曰：“乾坤何处不吾庐，偶对青山傍水居。……与子一谈一笑外，只余孤剑倚空虚。”如今蠡湖周边楼宇林立，车水马龙，已无昔日空旷悠远之境矣。

踏莎行

沙漠边城[①]

惊浪翻腾，接天浩瀚，流沙直抵黄河岸。岸旁夜色月如钩，风来雪幕遮霄汉。[②]

大漠无言，孤烟断雁，绿洲点点包兰线。[③] 若非草格阻胡沙，楼兰故事长安现。[④]

---

① 有一次，我自欧洲返京，从飞机舷窗往外看去，只见下方是一片连绵不绝的沙漠，浩瀚无垠。沙海翻滚，如浪起伏。沙漠的一侧层峦叠嶂，山似寸草不生，如一道道屏障挡住沙漠的南进，但山陉处也已是黄沙漫灌。大漠面积之大，侵袭力之强，令人惊叹不已！一年半后，到宁夏中卫市采访，但见腾格里沙漠直抵黄河岸边，为一道窄窄的绿色屏障所拦阻。原来，这里的人们在半个世纪里，用麦草方格固沙，不仅保护了在沙漠中穿行的包兰铁路，也阻止了沙漠向中卫市甚至黄河的进侵。中卫在秦朝时属北地郡，为古丝绸之路重要驿站。

② 雪幕：语自李贺《马诗》："大漠沙如雪，燕山月似钩。"

③ 包兰线：包头至兰州铁路，全长九百九十公里，有五十五公里在中卫境内沙漠地段穿行。

④ 楼兰：古丝绸之路上的古国，因荒漠侵袭、缺水而遭废弃。遗址在今新疆罗布泊附近。

离亭燕

卢沟桥

拂晓西山悬月，清肃燕南城堞。千尺古桥伤折柳，斑驳旧时车辙。五百石狻猊，[1]前事几回陈说。

身后玉阑宫阙，何似雁门喋血？[2] 昔日九州崩礼乐，遂使悍邻猖獗。祭祀去喧纷，青浦还听啼鴂。

---

① 狻猊：即狮子。卢沟桥两侧护栏各有一百四十条望柱，柱头上均雕有石狮，据说现存五百零一个。

② 雁门：位于山西代县，为古代边关。卢沟桥背后便是古都北平（北京），一九三七年“七七”事变，繁华古城，竟似边关，不能不让人叹息当时中华之羸弱。

水龙吟

游郭亮村[1]

太行绝顶迎初日，极目关山无际。危岩突兀，悬梯诘屈，群峰矗立。崖上人家，旧时村落，潭深泉汩。应徘徊林下，循莺去处，避喧闹，寻孤寂。

挂壁石廊惊魄，蜿蜒间、秋风如笛。蚁穿珠曲，天工神斧，昔年痕迹。唯憾如今，挨肩接踵，贾商云集。欲重温古意，梦回秦汉，待人声息。

① 郭亮村位于河南辉县的太行深处，坐落在千仞壁立的山崖上，海拔一千七百米，地势险绝，以其绝壁峡谷的“挂壁山道”闻名于世。

水调歌头

红豆峡[①]

千仞著秋色，孤雁唤苍茫。高山深谷悬瀑，日暮南太行。三叠潭清见底，一线天前拾级，绝壁架桥梁。欲探骆峰胜，险处揽风光。

忆唐宋，寻词迹，过高岗。相思谷下，谁料倾作拐儿郎[②]。前有诸贤先赋，怎奈止行古路，不得识悲凉。莽莽群山里，何处是羊肠？[③]

---

① 红豆峡为位于晋豫交界处太行山山西壶关境内的一段，因峡内珍稀树种红豆杉而得名，古代白陉古道穿峡而过。

② 拐儿郎：铁拐李，传说中八仙之一。秋游红豆峡，不慎扭伤了脚，不得不拄拐而行。

③ 羊肠坂是太行山古坂道，为太行陉最险要路段，辖古京洛要道咽喉，为历代兵家必争之地，古代诗词名家留下了诸多关于羊肠坂的诗篇，如曹操《苦寒行》“北上太行山，艰哉何巍巍！羊肠坂诘屈，车轮为之摧”，白居易《初入太行路》“马蹄冻且滑，羊肠不可上”等。羊肠坂常用来泛喻太行险境，此处泛指太行古迹。

定风波

壶关道中[①]

蹬道巉岩触目惊，风吟松啸似猿鸣。峡旅从来多悲切，纡折，只今结伴缓穿行。

峡上高原红日坠，陶醉，山中村落恁清宁。薄暮朦胧山脊险，休叹，一城灯火正相迎。

---

① 十月四日晨，自河南林州出发，穿南太行大峡谷去山西长治壶关。古时曹操、李白、杜甫、白居易、韦庄、苏轼等均写过穿越太行山的诗篇，感怀叹息太行山道之盘曲险峻、战尘烽火。如今天下太平，穿越太行的公路也很平坦，然大峡谷雄险幽深之景依然触目惊心，使人易生悲凉沉郁之感。

铜壁关榕树王[①]

奇峻幽深铜壁关，
虬髯老树隐深山。
浓荫九亩堪称绝，
气蔓三千也可攀。
凤舞龙飞根似错，
虎威象吼状如蛮。
循规蹈矩难成器，
无束无拘不一般。

① 云南盈江县铜壁关自然保护区有一株榕树，树龄已在千岁之上，被称为“榕树王”，树形千姿百态，无拘无束。其树冠覆盖面积九点二亩，有三百多支气根，已入土长成新树干的就有一百六十八根。

清平乐

五二五号界碑[①]

那坡雾漫，登顶青碑现。伫立山梁南北看，一样弯溪叠巘。

当年军号声悲，寨前血色蔷薇。去尽硝烟卅载，又听牧笛萦回。

---

① 广西那坡县百省乡那布村苗族屯水弄二组，有十几户苗族人家。近年来在政府帮助下，这些人家均从破败不堪的茅草屋搬进颇具苗家特色的四方檐砖瓦房。村南高高的山梁上，矗立着一块用中越两国文字刻写的五百二十五号界碑。那坡县南面偏东一点便是越南高平，三十年多前此处曾爆发过激烈战争。二〇〇八年十二月，我作滇桂边境调研时至此地。

多丽

古龙山漂流记①

忆曾经，古龙幽谷传奇。水涟涟、相衔峡洞，参差数里岿崎。似天门、侧峰壁立，倾飞瀑、山顶迷离。崖树灵猴，观音座蕨，桫椤偶见足珍稀。遇狭处、激流冲浪，声响吼如貔。穿溶洞、地心危旅，钟乳垂低。

看佳人、轻盈淡伫，斗笠青裤蓝衣。共皮划、悉心讲解，过险滩、倾力扶持。羞说阳岩，提灯暗渡，三天三夜有缘机。最堪叹、船行画里，人景正相宜。漂流事、靖西胜景，再会何期？

① 若干年前，曾在广西靖西县古龙山大峡谷漂流。此地距靖西县城约三十公里。峡谷群总长六点八公里，植物种类多达两千多种，有濒临灭绝的桫椤、咬人树和莲子观音座蕨等珍稀植物。古龙山峡谷群由三段峡谷和三个地下溶洞组成，船在峡谷行为明，入洞则暗，犹昼夜交替，如是者三，而有“三天三夜”之谓。

鹧鸪天

元日游承德外八庙[①]

雪后皇庄百径迷，冰封武烈锁冯夷。[②] 数声暮鼓普宁外，几缕斜阳殊像西。

谋一统，费心机，八方来贺大王齐。碧檐金瓦今犹在，脊兽旁边帝鸟啼。

---

① 承德曾为清王朝陪都，清朝皇帝夏秋时常在此接见各地藩王。"外八庙"分布在避暑山庄周围，包括溥仁寺、溥善寺（现已不存）、安远庙、普宁寺、广缘寺、须弥福寿之庙、普陀宗乘之庙、殊像寺。实际上"外八庙"还包括罗汉堂、普乐寺、普佑寺、广安寺，共十二座寺庙，只因其中八座寺庙住有喇嘛，归北京理藩院喇嘛印务处管辖，又都在古北口外，故统称"外八庙"。这十二座寺庙先后建于康熙和乾隆年间。其中普陀宗乘是藏语"布达拉"的音译，该庙仿西藏布达拉宫修建，达赖活佛前来觐见时多居此处，有"小布达拉宫"之称。而相距不远的须弥福寿之庙则是为迎接六世班禅而建的。

② 武烈：武烈河，流经承德双桥区。冯夷：传说中的黄河水神，后引伸为管理河川的河伯。

古寺夏雨[1]

松风绿韵清凉地，
宝刹幽庭草木深。
老树苍髯拥古塔，
香烟轻袅伴茶斟。
如丝细雨尘缘洗，
似鼓惊雷入梵音。
偶尔来朝诚挚意，
常怀向善慈悲心。

① 夏日漫步京西名刹潭柘寺回廊林间，尽享仲夏清凉。是日乌云密合，雷雨交加。我等坐于寺中茶社廊下，品茗畅谈，耳畔风声、雨声、雷声，伴随钟声、乐声、诵经声，声声入耳——好一幅古寺夏雨乘凉图。

黄叶村[1]

（北京植物园四记之一）

荷塘初日映红莲，
乳燕双飞戏柳前。
欲向潇湘寻宝黛，
忽闻黄叶掩啼鹃。

---

① 曹雪芹晚年移居北京西山黄叶村（即今北京植物园内）。现此地建有曹雪芹纪念馆，为一组低矮院墙环绕的仿清代建筑。

退谷[①]

（北京植物园四记之二）

樱桃谷底鸟惊风，
杉树前头石上松。[②]
不羡先贤林墅隐，
人生处处五湖中。[③]

---

① 北京植物园樱桃沟又称“退谷”。清代吏部侍郎孙承泽在此归隐，其在《天府广记》中写道：“谷口甚狭，乔木荫之，有碣曰‘退谷’。”孙题之“退谷”早已无存，现题刻为梁启超游樱桃沟时所补写。

② 樱桃沟尽处，有“水源头”，侧有巨石，高十余米，上生一株侧柏，高约七米。此柏树龄六百多年，相传曹雪芹受此景启发，创作了《红楼梦》中“木石前盟”的故事。

③ 五湖：泛指太湖流域的湖泊，喻隐居之地。相传春秋越国大夫范蠡帮助越王勾践灭吴，功成后为免越王猜疑，“遂乘轻舟以浮于五湖，莫知其所终极”。

栈道[①]

（北京植物园四记之三）

云在水流谷底幽，[②]
阴阳和谐百年秋。
栈桥虽与游人便，
从此杉松夜夜忧。[③]

---

① 时隔多年到樱桃沟，见沟底已建有仿木栈道，曲折逶迤，伴溪而行。

② 清代樱桃沟隐者孙承泽题其居为“水流云在之居”，取杜甫《江亭》“水流心不竞，云在意俱迟”句之意境。

③ “杉松”这里指水杉、红松，均为樱桃沟中珍稀物种。

秋雨

（北京植物园四记之四）

冷雨黯云萧瑟风，
河墙栌柳氤氲中。[①]
才怜一夜花零落，
却看漫山叶渐红。

---

① 河墙：北京植物园内的清代水渠，始建于清乾隆十四年（一七四九年），起于樱桃沟，终于玉泉山静明园，沿途凿石为槽，穿行于黄栌和柳树之间，黄栌又称烟树，故有“河墙烟柳”之说。

鹧鸪天

晨游北京植物园

四月西园我复来，为寻春色上坡阶。东风无力辜丝柳，幼鹊翻飞戏老槐。

桃李岸，牡丹台，樱桃沟底冒新苔。蛰前才别因时雪，又看梅花二度开。

菩萨蛮

荒村[①]

梢头落寞京西月，朱门紧锁中庭雪。画壁隐雕梁，绣楼虚掩窗。

遥岑弥晓雾，崖伫洪荒路。寂静古来村，孤鸿声断魂。

① 四月驱车走京西，过一村落。村里人烟稀少，悄无声息；村后荒岩嶙峋，一条土路穿行于峭壁之下。

念奴娇

游嶂石岩[①]

众山西去，似奔腾呼啸，万骑争逐。蓦地回旋昂首立，化作千峰攒簇。烁烁丹岩，巉巉绝壁，径转云崖蹙。杜鹃声里，冻凌波滄飞瀑。[②]

携友弄险攀援，天梯百丈，栈顶惊凡目。恍见周王黄钺舞，李闯溃兵亡鹿。[③] 千数年间，百多里路，成败填幽谷。回音崖下，且听长啸悲筑。[④]

---

① 嶂石岩位于河北赞皇县境内、太行山中段，在石家庄西南。系砂岩地貌。区内有巨大回音崖。

② 嶂石岩冻凌背峪有瀑布自崖顶跌落湖中。湖水碧绿深邃。冬天瀑水自崖顶结冰挂凌，形成冰柱，至五月仍有余凌未消。

③ 嶂石岩槐泉寺内有周穆王姬满伐犬戎的“吉日癸巳”刻石；嶂石岩西格台村西的哨石、石门、大王台、古佛岩等有李自成兵败后其余部在此活动的遗迹。

④ 筑为古击弦乐器。《说文》：“筑，以竹曲五弦之乐也。”陶渊明《咏荆轲》：“渐离击悲筑。”

鹧鸪天

戒台寺[①]

五月闲游戒净宗，山门掩翠寺墙红。丁香馥郁相思结，老干苍髯岁月从。

辽代塔，九龙松，千年往事尽随风。亲王名旦今何在？偏院斜阳闻晚钟。[②]

---

① 戒台寺位于北京门头沟马鞍山上，始建于唐武德五年（六二二年），原名慧聚寺，明朝英宗皇帝赐名为万寿禅寺，因寺内建有全国最大的佛教戒坛，民间通称为戒坛寺，又叫戒台寺。戒台寺是中国北方保存辽代文物最多、最完整的寺院，其佛塔、经幢、戒坛等均为珍品。九龙松：戒坛院山门前有一棵白皮松，至今已有一千三百多年，因其九条枝干状似龙舞而得名。

② 戒台寺千佛阁北侧的牡丹院，为清朝恭亲王奕䜣所建。京剧名家梅兰芳等在此居小住过。

鹧鸪天

过马致远故居①

六月京西走翠微，千旋百转去还回。云浮笔架松阴乱，风过黄崖藤影挥。②

古道在，蝶纷飞，小桥流水叹人非。③ 秦宫汉阙牛羊野，怎比东篱担月归？④

---

① 马致远，元代杂剧作家、散曲家，字千里，晚年号东篱。其故居在京西门头沟王平镇西落坡村。

② 笔架、黄崖：均为京冀交界处山峦。是日驾车自其间穿越。

③ 马致远《天净沙·秋思》："枯藤老树昏鸦，小桥流水人家，古道西风瘦马。夕阳西下，断肠人在天涯。"西落坡村重修马氏故居，并营造小桥流水。然数百年物是人非，其意境只可存于古代，其心境又岂轻易为当代人所知晓矣。

④ 马致远《夜行船·秋思》："百岁光阴一梦蝶，重回首往事堪嗟""想秦宫汉阙，都做了衰草牛羊野"，《金字经·樵隐》："担挑山头月，斧磨石上苔"，皆反映其隐逸情怀。

鹧鸪天

妙峰山[①]

仲夏偷凉访太虚，玉皇顶上凯风徐。满园玫瑰方零落，空谷丁香染满裾。

禅寺隐，竹林居，流连往返此心舒，人生何被虚名累，且入山间闲读书。

---

① 妙峰山位于北京西门头沟，主峰海拔一千二百九十一米，为太行余脉。登其山顶，北京城尽在望中。山上庙宇依势而建，最出名的是居于峰峦之颠的建于明末的娘娘庙。

鹧鸪天

山海关随感[①]

望处秋风卷绿波，云山雾海隐嵯峨。潇潇十里秦关雨，烁烁满城吴镇戈。

八旗鼓，闯王螺，煤山脚下恨尤多。国倾焉自冲冠怒？民怨招来换代歌。[②]

---

① 是日蒙蒙细雨，与妹胡筠、甥曾浪游览秦皇岛山海关。

② 有人说，李自成的大顺朝毁于吴三桂"冲冠一怒为红颜"；也有人说，大明帝国亡于连年边患。实际上，一个政权的兴亡，根本原因在于民众是否安居乐业。民怨不止，其祸亦速矣。古之镜鉴，不可忽视。

鹧鸪天

重返青塘[1]

十月江南秋色长，扶疏竹影映昌江。白墙灰瓦农家乐，松火柴窑瓷户忙。

瑶里美，古浮梁，心中最念是青塘。[2] 桥横水暖情依旧，不见红鹃牵我肠。[3]

---

① 青塘位于景德镇郊外，昌江边上。一九七〇年代中后期，我在江西省火电建设公司第二工程处做学徒，在这里参加了景德镇发电厂的建设。时隔三十四年，借在景德镇出席国际陶瓷节的机会，在桂保、永增二兄陪同下，再次来到青塘。令人欣慰的是，这里青山绿水，景色依旧，尚未被席卷全国的城镇化浪潮所吞没。

② 瑶里为景德镇的一个有原始森林、古树飞瀑的自然保护区；浮梁为景德镇一个有千年历史的县，县里有保护完好的古代五品县衙。

③ 由于电厂冷却水排入昌江的缘故，青塘附近一段江水是温的。三四月乍暖还寒的时候，我们这些学徒就纷纷下水游泳。每到春季，昌江两岸盛开杜鹃花，又是少男少女们谈情说爱的好去处。

水调歌头

景德镇吟怀

雁过碧空尽，秋色渐深沉。行吟怀旧刘郎，却似烂柯人。[①] 古镇青花争俏，陋巷红梅孤傲，松火照瓷城。[②] 郁郁竹林岸，隐隐稻香村。

人已散，迹尚在，事犹存。少年懵懂，谁知从此启征程。[③] 满目芦花萧瑟，一缕孤烟飘渺，岁月历风尘。[④] 已是秋残日，何处鹧鸪声？

---

① 一九七六年初，我与江西省火电建设公司百余名学徒一起，于景德镇电厂青塘工地开始了新的人生旅程，三十四年后重游青塘旧地。“刘郎”句化用刘禹锡《酬乐天扬州初逢席上见赠》“怀旧空吟闻笛赋，到乡翻似烂柯人”。

② 景德镇在古窑址恢复了几座烧松柴的柴窑，并于陶瓷博览节期间举行点火复烧仪式。

③ 一九七六年我在景德镇时年方十八，人生旅途刚刚开始。

④ 站在昌江岸上放眼望去，江畔芦荻横秋，远处即将完成历史使命的景德镇发电厂的烟囱冒着缕缕青烟……

鹧鸪天

荆轲塔[①]

旷野无声易水凝，太行落寞蒲阴陉。[②] 当年燕赵烽烟起，壮士悲歌短刀行。[③]

风瑟缩，叶飘零，夕阳古塔藓痕惊。可堪太子危亡策，化作啼鹃带血鸣。

---

① 荆轲塔，位于河北易县城西南荆轲山上。是年立冬，与刘芳游易水湖、清西陵、荆轲塔。

② 易县在太行山北段东麓，易水源于其境内，入南拒马河。易县境内紫荆关，为拱卫京师之要隘，又称蒲阴陉，为太行八陉之一。

③ 战国时燕太子丹使荆轲刺秦故事。荆轲行前，众人于易水前为其送行，高渐离击筑，荆轲唱“风萧萧兮易水寒，壮士一去兮不复还”。太子丹以重金购得一匕首给荆轲，于是有了“图穷匕首见”的演绎。

满江红

再过伶仃洋[①]

旧日云烟，沉浮处、风吹浪击。舟楫借、伶仃横渡，往昔寻觅。四地浮华繁似锦，千年落寞谁相忆？更眼前、碧海荡漾中，娉婷立。

笑靥动，尘虑息；驹过隙，沧桑易。想山河瓜剖，虎门流镝。丞相丹心今古在，将军誓死英酋敌[②]。只而今、老大那堪言，唯相惜。

---

① 伶仃洋，在广东省珠江口，面积两千余平方公里。香港、深圳、珠海、澳门环绕伶仃洋。一九九〇年代我居香港时，多次往来于四地。是日天气晴朗，碧海蓝天，舷外烟波渺渺，舱内女侍笑脸盈盈。

② 丞相：南宋文天祥。其《过零丁洋》："辛苦遭逢起一经，干戈寥落四周星。山河破碎风飘絮，身世浮沉雨打萍。惶恐滩头说惶恐，零丁洋里叹零丁。人生自古谁无死，留取丹心照汗青。"零丁洋，即伶仃洋。将军：晚清关天培。一八四〇年第一次鸦片战争爆发后，关派专人将自己的旧衣与遗齿送回故乡与家人诀别，明示死志。道光二十一年（一八四一年）二月初六，英军对虎门要塞发动总攻，关亲临炮台指挥。至傍晚英军攻入炮台，关持刀奋勇杀敌，为枪弹击中，创痕遍体，死前仍大呼杀敌。

鹧鸪天

上沙村[①]

南粤风光夜上沙，纵横巷陌赏笼纱，红尘拂面香风起，歌舞升平里弄斜。

英俊哥，美娇娃，摩肩接踵二更花。阿爷岂是风流客，醉眼蒙眬看盛华。

① 短短数年，深圳市上沙村这个原本普通的岭南小村，已成了一个时尚的街市，游人不断，霓虹闪烁，彻夜热闹，十分繁华。

鹧鸪天

赵州桥[1]

城外残冬将去时，东风无语化清池。古桥横断洨河浅，新客夷犹浆影迟。

车道印，手撑持，穿凿附会隐真师。[2] 李春正史无痕迹，寂寞功成万世知。[3]

---

① 赵州桥又名“安济桥”（宋哲宗赐名，意为“安渡济民”），距今有一千四百多年历史。

② 岁月久远，赵州桥的桥面桥身留下许多痕迹，人们为之附上诸多联想，比如此桥为鲁班所建，桥上有张果老骑毛驴、柴荣推车过桥留下的痕迹和柴荣膝盖跪下的印记，鲁班为救桥用手顶撑桥石的手掌印等。

③ 赵州桥的真正设计者李春，隋朝造桥工匠，河北邢台人，于隋开皇十五年至大业初（五九五年—六〇五年）建造赵州桥。工匠在古代不受重视，所以正史没有什么李春的生平记载。

鹧鸪天

正定大菩萨

千手观音万里缘，八方信众一心虔。飞檐斗拱层层殿，暮鼓晨钟袅袅烟。[①]

民最重，世为先，安民济世是真禅。宋辽但以民生重，何惧弯弓大可汗？[②]

---

① 河北正定隆兴寺大菩萨始铸于北宋开宝四年（九七一年），为千手千眼观音菩萨铜铸像。隆兴寺始建于隋开皇六年（五八六年），原名龙藏寺。大悲阁是隆兴寺的主体建筑，大菩萨即在其中。

② 燕赵之地先后为北宋辽金统治，宋辽金均重佛事，这一时期在华北地区建有诸多寺庙佛塔。但这些政权最终皆不敌于北方蒙古游牧民族，其执政当局轻于民生、激化社会矛盾，不为源乎？

鹧鸪天

涿州古城墙[1]

旧日城关何处寻？鼓楼街外日西沉。黄泥斑驳危墙在，岁月无声野草侵。

燕赵地，任侠心，关前折柳入笛音。青山不阻归来路，鹊噪空闻泪满襟。

① 涿州鼓楼大街外保留了很长一段古城墙，墙表随岁月逝去而斑驳陆离，但墙体仍高耸坚实，长满野草。

望海潮

正月十五燕赵行

太行东麓，南驰原野，绵延百里莲红。华塔瘦枝，斜阳老刹，春流映衬飞虹。城阙势恢宏。[①] 有欢笑男女，花鼓纱笼。巷陌珠帘，绚斓烟火掠苍穹。

容容旧日东风。有英雄尚少，织履潜龙。诗自苦来，禅从棒喝，情生夜雨梧桐。南越探囊中。[②] 不倦功名路，兀自匆匆。且看滹沱晓月，唯此古今同。

---

① 正月游赵州、正定、涿州。莲红：红莲，指元宵莲花灯。飞虹：赵州桥。城阙：正定城门楼有“三关雄镇”匾牌，旁有瓮城城墙。涿州也保留有很长一段古城墙，虽外表脱落，其巍峨之势依然可见。

② 英雄、潜龙：三国赵云、刘备分别为正定、涿州人。诗自苦来：涿州贾岛，唐朝中叶诗人，写诗以刻苦著称，为著名苦吟派诗人。禅从棒喝：正定临济寺义玄和尚受戒于江西高安黄檗禅师，黄檗禅师接纳新弟子时，皆先给对方当头一棒，大喝一声，而后提出问题。此法后被佛门采用并流传。夜雨梧桐：正定白朴，元朝戏曲作家，终身不仕，专注于元曲创作。其作品剧情多为才人韵事。《唐明皇秋夜梧桐雨》为其杰作，写唐明皇与杨贵妃的爱情故事。南越探囊：正定赵佗，秦朝将领，秦末独树一帜，于岭南创建南越国，自立为王。

卜算子

五台雷雨

泼墨北台巅，雁失云山处。谁甩惊雷袭破天，天水倾如注。

风阻担柴樵，河涨归家渡。方念滂沱可洗愁，刹那晴如故。

八声甘州

再登五台[1]

忆当年结伴五台行，深山问清幽。领青檐晓月，红墙落日，钟鼓声悠。殿宇青黄肃穆，诸佛一心求。宝鼎轻烟袅，也是莺啁。

再度登台望远，叹人生沧海，哪有方舟。似山巅雷雨，倾覆又倾收。世无常，非经磨难、历苦寒，何以到瀛洲。重来日、有知心侣，为我分忧。

① 七月中旬，与国祺舅等游五台山。此行五年前也曾与胡童等游五台山。

水调歌头

清凉世界

倏忽紫台雨，刹那转阴晴。清凉山上甥舅，十五谒佛灵。[1] 烦恼皆抛身外，清净跟前世界，震悟古钟鸣。[2] 宝塔歇知了，禅道舞黄莺。

许心愿，求智慧，祷安宁。易难祸福，人似明月有亏盈。冬极寒时春暖，心至虔诚运转，世事也分明。方外空门里，一片诵经声。

---

① 清凉山：五台山又称清凉世界。抵五台山次日逢农历六月十五，陪国祺舅等前往五爷庙、显通寺、黛螺顶寺、殊像寺敬香拜佛。

② 震悟：顿悟。五台山显通寺有钟楼，上书"震悟大千"。这座大钟传说声闻十里，大千世界芸芸众生在听到钟声后，有所感悟。

西江月

涞源道上之一

白石山间垂瀑，飞狐谷里飘红。涞源道上正秋浓，雁过孤峰高耸。

贪享晚霞沉日，闲看唐塔辽钟。[1] 休嘲白发伴西风，欲效桓伊三弄。[2]

---

① 涞源：位于河北省保定地区西北部，太行山北端，取涞水源头之意。唐塔：涞源城内兴文塔，始建于唐天宝三年（七四四年）。为八角五级阁楼式实心砖塔。辽钟：涞源阁院寺东南角的大铁钟，是我国现存的唯一有明确记年的辽代铁钟，铸于辽天庆四年（一一一四年），钟高一点六米，口径一点五米，重约四千斤。钟有六耳，象征“六根”（即眼、耳、鼻、舌、身、意。“根”为能生之义）。钟上有铭文一千二百多字。钟的上部文是《金刚经》，还有五十五个古印度文字，即梵文。

② 桓伊三弄：桓伊，东晋名臣，有武干而为人谦素。政绩显而有闲情。善吹笛，据传古琴曲《梅花三弄》即根据桓伊所作笛曲改编。

满江红

白石山[1]

伫立云都，千嶂小、夕照晚风。迢遥处，古今峰峙，燕赵从容。雄领太行奔代北，拒屏胡马渡河东。[2] 更蜿蜒、幽谷跃溪流，飞瀑蒙。[3]

长城老，形势宏；云海滚，幻无穷。遍野秋丛里，堪学陶翁。白石未曾登白石，姥神方得退曹公。[4] 若有缘，险处看佛光，听远钟。

---

① 白石山：位于河北省涞源县城南，雄居太行山最北端，最高峰云都峰海拔二千零九十六米。其北有山西浑源境内的北岳恒山，南有河北唐县境内的古北岳大茂山（据传古为华夏五岳之一）。涞源县春秋时属晋国之地；战国时先归赵，后入燕境；秦属代郡。人称战国时期一山分燕赵，宋辽对峙时期一山分两国。

② 拒马河源自太行山下。据载，公元三〇八年至三一八年，羯族将领石勒率十万大军从太行山区攻掠河北内地，晋朝将领刘琨守拒马河以拒石勒。

③ 白石山西麓有十瀑峡，泉水流淌，跌岩为瀑，积水成潭，有大小十多道瀑布。峡谷两侧山体陡峻，怪石罗列。

④ 满江红例用入声韵，南宋姜夔（号白石道人）改作平韵，情调迥然不同。其《满江红》祭巢湖神姥，有"却笑英雄无好手，一篙春水退曹瞒"之句，用三国典故，戏言春水由神姥掌管，因此曹操退兵的功劳，应当记在神姥身上。"白石"同名，姜白石如到过白石山，一定会写出超过其《满江红》的佳作。

满江红

阁院寺①

古院黄昏，秋凉渐、森森树木。幽静处，月台松老，鸱吻兽绿。② 三丈高檐菩萨殿，四周连阁皇家筑。③ 减柱堂、壁上掉黄泥，惊凡目。④

千年寺，修可复；千载事，何其速。北辽钟尚在，铸文堪读。⑤ 钟应秋霜声去远，人栖净土心方足。且夷犹、方外六根清，斜阳沐。⑥

---

① 阁院寺：千年古刹，位于涞源旧县城鼓楼西侧城墙内，是全国重点文物保护单位。据传该寺建于东汉，唐时重建。现存最早的建筑是辽初修建的文殊殿，亦为该寺主体建筑。文殊殿建于辽应历十六年（九六六年），是全国不多的几座超过千年的土木建筑之一。

② 月台松老：文殊殿前建有宽大的月台，台上植有两棵相对的古松。鸱吻兽绿：文殊殿建筑形式为单檐布瓦歇山顶，叠涩脊，绿色琉璃鸱吻。

③ 阁院寺在明之前称为阁子院，可能曾经是一座以阁楼为主的寺院。

④ 文殊殿内东西北三壁上皆为大幅壁画，后代维修时用黄泥覆盖，因此得以保存至今。从泥坯脱落处露出的画面看，壁画绘的是佛教故事，画风保留有浓郁的唐代风格。

⑤ 阁院寺东南角的大铁钟，又被称为飞狐大钟，是我国现存的唯一有明确记年的辽代大铁钟，铸于辽天庆四年（一一一四年），钟高一点六米，口径一点五米，重约四千斤。钟上共有铭文一千二百多字。钟的上部文是《金刚经》，还有五十五个古印度文字，即梵文。

⑥ 大铁钟铸有六耳，象征“六根”，即眼、耳、鼻、舌、身、意。“根”为能生之义。

鹧鸪天

拒马河源

昔日曾沿河岸游，画廊百里问源头。[①] 不知此处清泉涌，黄叶漂浮满目秋。[②]

山聚首，水合流，夕阳古塔影斜投。[③] 落花无意多情水，载得相思下涿州。

---

① 拒马河是大清河的支流，从涞源发源，流经易县紫荆关，涞水野三坡，北京房山十渡，在房山张坊分为南拒马河和北拒马河。北拒马河流经涿州，汇入琉璃河，入高碑店为白沟河。南拒马河流经涞水、定兴，汇入易水河，与白沟河汇流后入大清河，归海河，至渤海。野三坡、十渡因两岸景色优美被誉为“百里画廊”。

② 清泉：拒马河的河源是涞源县城兴文塔下平地钻出来的涌泉。现人们在泉眼一带拦水成湖，使明泉变成了暗泉。

③ 山聚首：拒马河发源地涞源位于太行山、燕山、恒山交集处。水合流：拒马河源头水量小似小溪，但沿途各处沟谷都有泉水流入拒马河。古塔：兴文塔，始建于唐天宝三年（七四四年）。

西江月

涞源道上之二

古说拒屏胡马，[1]近传痛击倭枭。[2] 山连水激性情豪，遍地英雄年少。[3]

昔日云边幽地，[4]依然天远风高。只今传唱利民谣，便换年年丰兆。

---

① 拒屏胡马：拒马河发源于涞源境内。《涞水县志》载：“晋刘琨守此以拒石勒。”刘琨是晋朝将领，字越石，河北安国人。公元三〇八年至三一八年，羯族将领石勒率十万大军屡犯边境。刘琨率部在巨马河一带抗拒入侵兵马。巨马河亦因此被称为“拒马河”。

② 痛击倭枭：抗日战争时期，涞源如牢固的屏障挡在晋察冀抗日根据地首府阜平的北面，八路军黄土岭一战击毙日军“名将之花”阿部规秀中将，震惊中外。

③ 抗日小英雄王二小的故事发生在涞源境内。

④ 云边幽地：涞源古为边境之地，秦属代郡，晋属幽州代郡，宋辽时反复为辽和宋所属，在宋曾属云中路蔚州。

贺新郎

登苍山[1]

一夜苍山雪。碧天长，冷杉无语，翠禽声歇。山道蜿蜒幽静处，胜似天庭玉阙。松若舞、嫦娥素洁。奔马飞龙青嶂起，隐约间、溪水倾如跌。[2] 凌绝顶，看红叶。

放怀抒远千年越。想当初、大唐南渐，宋风西涉。[3] 百二山河合六诏，城上旌旗猎猎。[4] 繁巷陌、楼台重叠。往事悠悠于一揽，叹段家、潇洒归鹈鴂。遗洱海，一钩月。

---

① 苍山又名点苍山，为云岭山脉南端主峰，由十九座山峰由北而南组成，十九峰海拔皆在三千五百米以上，其中七座为四千米以上，最高的马龙峰海拔四千一百二十二米。是日登苍山至海拔三千八百多米。

② 十九峰每两峰之间都有溪水奔泻而下，流入洱海，即十八溪。

③ 八世纪三十年代，洱海地区“六诏”中的南诏在唐朝支持下，合六诏为一，统一了洱海地区，建立南诏国。后出现过短暂的大天兴国和大义宁国，之后由段氏建立大理国。南诏、大理国历经唐宋两朝，达五百余年。一二五三年元世祖忽必烈率大军灭大理国，后建立云南行省。

④ “百二山河”是明代嘉靖年间遭贬谪的四川状元杨慎去保山途经大理时题写的。所谓“百二山河”，一种说法是指苍山洱海之间的大理地域。因为洱海北端的上关与南端的下关相距大约一百多华里，故以“百二山河”作为一个概数来统称大理。另一种说法是指山河险固，可以二敌百。后指国力强盛，边防稳固的国家。语出《史记·高祖本纪》：“秦，形胜之国，带河山之险，悬隔千里，持戟百万，秦得百二焉。”

一萼红

游洱海[1]

正秋晴。看接天浩渺，百里翠澜兴。西峙苍山，东陈玉案，白首豪士如屏。[2] 碧空净、云缠玉带。绕湖岸、三塔九街横。滩上芦摇，水中舟曳，鸥影轻盈。

舱内白尼笙舞，更一双红袖，三道茶馨。[3] 离岛香烟，雄纠本主，千载苍洱文明。[4] 叹形胜、悠然世外。不由得、心动范蠡情。只愿风清月圆，携手娉婷。

---

① 洱海，因状如人耳而得名。为淡水湖，面积约二百五十平方公里。古代文献中曾称叶榆泽、昆弥川、西洱河、西二河等。

② 洱海西面有苍山，东有玉案山。苍山十九峰雪鬓皓首，如侠客横列如屏。从湖上望之，但见峰腰停云，蔚为壮观，人称玉带云，为苍山胜景，兆丰收。大理新老城区环湖依山而建，佛塔矗立，建筑飞檐斗拱，尽皆白色。

③ 白尼：白族少女。三道茶：云南白族早在明代就已形成的待客礼仪。茶分三道，“头苦、二甜、三回味”，用以比拟人生。

④ 洱海中有金梭岛、玉几岛、赤文岛等。本主：本主崇拜是白族独有的一种宗教信仰，为多神崇拜，在南诏时期即已形成。

鹧鸪天

蝴蝶泉①

谁把瑶池忘翠微？惹来蝴蝶戏芳菲。泉头古木缤纷下，到此徐公不想归。②

明月夜，彩云追，白尼白子紧相偎。③ 云间千里悲孤鹤，怎及潭前双蝶飞。

---

① 蝴蝶泉位于苍山第一峰云弄峰神摩山下，南距大理古城二十七公里。面积五十多平方米，为方形泉潭。明代旅行家徐霞客在游记中写道："泉上大树，当四月初，即发花如蛱蝶，须翅栩然，与生蝶无异。又有真蝶千万，连须钩足，自树巅倒悬而下，及于泉面，缤纷络绎，五色焕然。游人俱以此月群而观之，过五月乃已。"

② 蝴蝶泉旁立有徐霞客石雕像。

③ 白尼白子：白族人称女子为白尼，男子为白子。

虞美人

滇桂道上[①]

穿山越岭车行缓，不觉滇池远。又从彝岭下邕江，倏忽数年人事已沧桑。

邕城有我知心友，相会三杯酒。一腔心事问谁知？促膝长谈人静月沉时。

① 十一月十二日自昆明抵南宁。三年前我在滇桂边境地区调研结束后，亦曾从昆明到南宁。

临江仙

扬美古镇①

昔日通江达海地，星浮万点云樯。肩摩毂击走临江。飞檐添黛瓦，丝竹透黄庄。

水运式微归寂寞，满街岁月沧桑。苔青藤绿旧砖墙。苍髯随孑影，小巷抹斜阳。

---

① 自昆明抵达南宁当天下午，游扬美古镇。扬美镇距南宁三四十公里，为左江怀抱。古镇始建于宋代，迄今有一千多年历史，曾因水运而兴，又因水运而衰。初因此地荆棘丛生，白花满地，取名“白花村”。后更名为“扬溪村”。再后来思想进化，人心向美，便更名为“扬美村”。

扬美镇在明代得以发展，到清代兴盛时，有八座码头，“大船尾接小船头，南腔北调语不休。入夜帆灯千万点，满江钰闪似星浮”，为左江重要商埠。码头上有建于一八三二年的临江街，三百多米长，街面为青石板，在夕阳下泛着青光。街两旁多为青砖黑瓦、砖木结构的清代建筑。

临江街上有黄氏庄园，为昔日大户。庭院深深，仍可看出昔日的气派。今天似已无人居住，只有一对母女在天井里摆摊销售纪念品。我问女孩，为何庄园大门不是正对着堂屋而为侧开？女孩说这宅正面有个池塘，所以把大门开在了侧面。女孩声清音脆，一点都不怯生。

扬美古镇今非昔比，青壮年大都外出谋生，镇内多剩老人、妇女和儿童。我们在一条僻静小巷，见到一位苍髯老者，几乎是九十度地驼着腰，脸冲着地，一步一挪，蹒跚而行，想把街边一辆手推车推到什么地方去。我们赶紧上前帮忙。孑遗老者，古镇夕阳，此情此景，不禁令人唏嘘感叹。

南歌子

南宁药园[1]

遍地时珍草，参天扁鹊方。姜花十里紫藤香，青鸟逍遥三两戏陂塘。

采片相思叶，题诗寄范阳。[2] 泠泠溪水韵悠长，侧耳倾听何似古筝扬？[3]

---

① 南宁药园：广西药用植物园，在南宁。

② 范阳：涿州古称。

③ 泠泠：形容水声清越。晋陆机《招隐》："山溜何泠泠，飞泉漱鸣玉。"六朝梁吴均《与宋元思书》："泉水激石，泠泠作响。"

如梦令

过昆明[1]

细雨微风垂柳，岑远径斜楼秀。前日过滇池，相会一杯红酒。怀旧！怀旧！尽诉昔年归后。

---

① 十一月八日抵昆明，游滇池并会诸友。席间有昔日北京朋友夫妇。十五日，友寄赠《如梦令·滇池》，乃步其韵还赠之。

贺新郎

再登北固楼[①]

北固重登日，正霜寒、苍茫九派，大江沉寂。遥想稼轩方阅尽，千古风光胜迹。指点处、烽烟剑戟。孙氏少年堪鼎足，叹赵家子弟偏安逸。子夜恨，后庭泣。[②]

楼台依旧光阴疾。望东南、秦淮十里，彩虹舟楫。不夜浦江云弄月，更伴西湖箫笛。但可见、香风靡积。千里江堤崩蚁穴，看六朝奢侈旗常易。今古事，不须觅。

---

① 北固楼又称北固亭，坐落于镇江北固山。十几年前曾登斯楼，当时年久失修，破败不堪。第二次再来时逢该楼修缮而不得入。二〇一三年一月一日该楼修毕重新对外开放。二十三日午后，趁在镇江开会间隙重登斯楼。

② 稼轩：辛弃疾。其《登京口北固亭有怀》："何处望神州？满眼风光北固楼。千古兴亡多少事，悠悠，不尽长江滚滚流。年少万兜鍪，坐断东南战未休。天下英雄谁敌手？曹刘。生子当如孙仲谋。"赵家子弟：南宋皇帝。子夜恨：南唐后主李煜曾作《子夜歌》，有"人生愁恨何能免？销魂独我情何限！故国梦重归，觉来双泪垂。"后庭：陈后主叔宝曾作《玉树后庭花》，被称为亡国之音。

清平乐

云居寺①

云居春晓，古刹青烟袅。正月虔诚来礼拜，祈愿亲人皆好。

同敲梵域佛钟，憨仙醒世言从。② 但得心如明镜，胸中自有雍容。③

---

① 云居寺位于北京西南白带山(又称石经山)西南麓，以藏有石刻佛教大藏经——《房山石经》著称于世。始建于隋末唐初，经历代修葺，形成五大院落六进殿宇。两侧有配殿和帝王行宫、僧房，并有南北两塔对峙；寺院坐西朝东，环山面水，形制宏伟。是日为农历癸巳年正月十四，与刘芳并父母同游云居寺。

② 云居寺贴有明代四大高僧之一憨山大师所作之劝人安分守己、随缘向善的《醒世歌》和《费闲歌》等。佛：入声字，此处以入作平(见《词林正韵》)。

③ 雍容：《文选·班固序》："雍容揄扬，著于后嗣。"吕向注："雍，和；容，缓。"

南歌子

南行道上[①]

夜色何苍莽，浑然水与山。清明千里复驰还，为有乡愁如缕梦牵缠。

晓雨时停歇，流银泻块田。江南依旧似花笺，挂碍在心岂得一时闲。

---

① 四月三日晚乘火车赴南昌，四日上午抵达。此行主要是看望病中国祺舅和因车祸住院的发小汉桥，并给父母扫墓。

忆江南

别南昌

行渐远，烟雨故城遮。城北青山成追忆，江南闾巷也咨嗟。期待又黄花。

千里外，北国已朝霞。丝柳方才惊幼鹊，小园正欲斗奇葩。诗酒是咱家。

最高楼

青云山云顶记[①]

登云顶,连日雨初晴,环顾闽天清。群山落寞天池寂,高陂辽阔草风轻。似桃源,山凹里,小村庭。

叹未歇、眼前风景异,怕只是、此情难再继。村侧畔,馆楼兴?青云入处归宁静,深山访古在空灵。若喧嚣,尘土起,枉担名。

---

① 福建永泰县境内青云山的云顶海拔在千米以上,周围几个山头,坡度平坦,植被以高山草甸为主,有“万亩草场”之誉。云顶上有“天池”,是一口古火山爆发形成的池塘,呈弯月形。资料上说,其周长约四百米,面积十二亩左右,丰水时平均水深一点五米。池畔一侧有木廊,沿廊缓步而行,鱼随人游,山光水色,甚为怡人。

云顶南边,山的背后是莆田;西面远处的山上,有“土匪屋”;东面山谷里,有一个村落,灰瓦白墙的房子,青青的池塘,窄窄的梯田,导游说这个村子叫长坑村,有上千年的历史。长坑村的东面,有一处面积甚大的高山斜坡,绿草茵茵,从风水角度,是长坑村“左青龙”的位置。导游说那里不久将建一个度假酒店……我们一面慨叹此地风景之优美,野趣盎然,一面也担心:如此宁静美丽的自然风光,一旦引入大规模商业开发,将会是什么结果?

如梦令

永泰峡谷行[1]

惊湍跳珠溪急，深谷栈悬危壁。斑驳拱桥横，还著宋时痕迹。吟客，吟客！何故遽匆行色？

---

① 青云山下有一处峡谷，谷口指示牌称此地名“红石洋”。红石洋是一条以整石为底的平坦峡谷，长约五百米，平均宽约四十米，远看为白色的石头，水流经过即变成深红色。红石洋上有单孔跨溪古桥，桥接通往莆田的古驿道。此处有唐宋时期的古桥石头基柱等。从红石洋往峡谷里走，有栈桥悬于壁立的石峰上，蜿蜒曲折，树木森湿，瀑布四起，溪流湍急。因为要赶时间去福州，我们匆匆走了几公里，在一处有两条瀑布的水潭处折返。因此有观景未竟之感，留有些许遗憾，也留下了一些念想。

念奴娇

马江凭吊[①]

夕阳几度，照江上潮落，风中陈迹。遥想当年洋务起，欲铸东南无敌。遍地炉烟，机床声动，滚滚风雷疾。罗星塔下，一时长号短笛。[②]

纵有志士英雄，残朝气尽，亦乏回天力。江口水师初对垒，刹那分崩离析。[③] 往事悠悠，高台寂寂，不绝江如泣。马江凭吊，几番心绪难息。

---

① 闽江下游，从福州东南乌龙江与南台江汇合处，至入海口的一段，俗称马江，又称马尾。此地系福建水师的基地，当年洋务派在这里创建了当时中国最大造船厂马尾造船厂和海军学校。五月十三日黄昏到此参观。

② 罗星塔：位于马江畔，建于宋代。明万历年间被海风吹塌，天启年间，学者徐渤等倡议复建。一九六四年重修。

③ 指“马江海战”。清光绪十年（一八八四年），法国远东舰队司令孤拔率舰六艘侵入马尾港，于罗星塔附近与福建水师对峙。清廷指示“彼若不动，我亦不发”，水师于是下令“无旨不得先行开炮，必待敌船开火，始准还击，违者虽胜尤斩”。七月初三，法舰伺机发起进攻，清军仓惶应战。不到三十分钟，福建水师九舰被击毁，两舰自沉，运输船多艘沉没，官兵殉国七百六十人，几乎全军覆没。法军仅五人死亡，十五人受伤，军舰伤三艘，还摧毁了马尾造船厂和两岸炮台。八月二十六日清政府向法国宣战。

南歌子

雨中湄洲岛[①]

雾失东南渡，云沉燕影斜。一声长笛过湄洲，石啸松吟烟雨笼渔家。

翠滴天妃庙，朦胧十里沙。风光何必借蓬莱？[②] 雨后初晴碧海看朝霞。

---

① 湄洲岛位于福建莆田市东南，为妈祖祖庙所在地，每年农历三月廿三妈祖诞辰日和九月初九妈祖升天日均有祭祀活动。五月十五日，从莆田乘船渡湄洲湾，到湄洲岛作半日游。时逢雨雾，登高远眺，但见海上迷茫一片。

② 当地介绍湄洲岛的资料习惯将该岛称为“南国蓬莱”“东方夏威夷”等。

凤凰台上忆吹箫

永定土楼观记[①]

风动荷芰，碧从篁竹，豁然黄土围楼。背倚空山寂，细雨生愁。苍朴环形老屋，庭似卦，井锁深幽。斑痕累，青苔遍布，满目春秋。

如钩，一弯旧月，无语洒新辉，日日沉浮。白璧佳联在，唯写前头。台上如今空也，佳乐逝、梁柱还留。炊烟下，苍髯老翁，正说来由。

① 福建龙岩市永定县湖坑镇洪坑村客家土楼振成楼，建于一九一二年，占地约五千平方米。该楼为永定林氏家族拥有。该楼按八卦图结构建造，分内外两圈。外圈四层，每层四十八间，八卦每卦六间，一梯楼为一单元。卦与卦之间筑有防火墙，以拱门相通。内环有祖堂，古朴典雅。祖堂亦可作舞台，台前立有四根周长近两米、高近七米的大石柱，舞台两侧上下两层三十个房间围成内圈，二层廊道有精致的铁铸栏杆。祖堂墙壁上有不少民国时期名人题写的对联，其中有当时总统黎元洪为楼主人的题匾“里党观型”“义行可风”“义声载道”等。

贺新郎

应昌路行前[①]

壮矣先贤祖。想当初、山川立马，绿原雄顾。铁甲金戈驱大漠，孱马中流横渡。鼓角里、残阳如诉。乱世未休征战急，看黄沙万里功勋著。寻往事，勒碑处。[②]

书生意气堪追慕。素衣巾、春秋雅论，汉唐谈吐。军旅挥毫遗迹在，帝帐三更谋助。[③] 曾谏止、安民无数。[④] 怀古明将边塞去，料风光依旧应昌路。[⑤] 沿足迹，自当赋。

---

① 明初胡广曾几次随明成祖朱棣北伐蒙元。七月底，我往内蒙古克什克腾旗应昌路寻迹，行前填此词。

② 胡广善书法，成祖每有战功勒石纪念，皆命其书之。

③ 《明史》："帝北征，（胡广）与杨荣、金幼孜从。数召对帐殿，或至夜分。"

④ 《明史》："（胡广）奔母丧还朝，帝问百姓安否。对曰：'安，但郡县穷治建文时奸党，株及支亲，为民厉。'帝纳其言。"

⑤ 应昌路：元末元顺帝逃至此。后北元建都于此。

十六字令

达里诺尔湖[1]

湖！塞外苍茫孕碧珠。波推处、蒿草没荒都。[2]

① 达里诺尔湖：古称“鱼儿泺”“捕鱼儿湖”“答尔海子”等。位于内蒙古克什克腾旗，在贡格尔草原西南部，为高原内陆低浓度盐水湖，面积二百三十八平方公里。达里诺尔意即“像大海一样宽阔美丽”。

② 荒都：鲁王城，也称应昌路，是元代弘吉剌部兴筑的城郭，遗址在内蒙古克什克腾旗达里诺尔湖西南。元代应昌路与大宁路、全宁路同为塞北三大历史名城。路是元代仅次于行省的地方行政区划。一三六八年元顺帝退出大都，至应昌府，仍奉元朝正朔，史称为北元。一三七〇年元顺帝病逝于应昌，其子继位，改元宣光。战争中，鲁王城屡遭战火，终于废弃。

满江红

鲁王城怀古

塞外元都，今安在？草迷石寂。丘垄下、隐然城廓，兔奔虺逸。[①] 达里湖旁车軎出，应昌路上遗棱戟。[②] 想伊昔，怒马竞驰骋，弯弓急。

古时月，临旧驿；今日雁，湖中栖。故城征战毁，只留痕迹。还记萨生曾祝愿，千年万载纷争息。[③] 看荒原、万籁俱无声，唯潮汐。

---

① 现鲁王城遗址仍可见当年城墙基石和宫柱基石。虺(huǐ)：蛇类。

② 軎(wèi)：车轴头，即套在车轴末端的金属圆筒。我们参观鲁王城遗址时，看守的蒙古族汉子特地让我们参观了他收集到的元代器具。

③ 萨生：元朝词人萨都剌，其《过居庸关》中写道："上天胡不呼六丁，驱之海外消甲兵。男耕女织天下平，千古万古无战争。"

浪淘沙慢

西望群山

正西望，秋岑起伏，薄黛轻抹。恒岳如奔莫遏，燕山迤逦不绝。更太行千峰呈壮阔，似持戟、甲士屏列。看北国霜天愈寥落，南飞雁声咽。

山月，古今世事常阅。叹易水风寒悲歌起，满座衣似雪。嗟拒马斜阳，残照城堞。雁门险阙，狙敌顽、多少英雄豪杰。

山恃巍峨因忠烈。书难尽、浩然气节。但唯见、荒碑连断碣。又重九、把酒登高，极目处，关山莽莽飞红叶。

鹊踏枝

柳江镇①

远处青山流晓雾。烟雨蓑衣，倒影凌波路。吊脚楼前背篓女，桷兰叶后曾家树。②

一缕清香茶水铺。几碗凉粉，街口游人驻。秋去客稀闲几许，春来焉得宁如故。

① 四川省洪雅县柳江镇建于南宋，镇夹河而建，河一边街上多为古朴木板房吊脚楼、明清风格的建筑，另一边为后来建筑。是年十月与刘芳并老周夫妇游四川，曾宿于该镇。

② 柳江镇有一株据说已有二百年树龄的黄桷兰，高数十米，枝繁叶茂。与其一墙之隔的曾家大院中有一棵树，树上挂满了像豇豆般的细长果实。

法曲献仙音

峨眉山[1]

云里峨眉，蜀中秋色，欲览还应攀险。健鸟盘旋，老猿空谷，风光绝处堪叹。看浩浩云如海，遥遥瓦峰现。

向高远。拾青阶、径随山转。浓雾起、佛国一时弥漫。四顾俱氤氲，但唯闻、钟磬声短。足带祥云，缓行间、尽去俗念。憾无缘行者，不见佛光灵显。

① 十月十七日登峨眉山，行至山腰，于开阔处见云海翻腾，群峰隐约似海中岛屿，云海中眉山最高峰瓦屋山露出了个头，似仙境一般。

河传

都江堰[①]

舟缓，秋岸。江随渚转，一篙清婉。陡临鱼嘴两分流，[②]浪遒，宝瓶鸥逐幽。[③]

一江入灌平原沃。叹巴蜀，据此曾支国。看岷江，堰影长，夕阳，远钟怀二王。[④]

---

① 都江堰：坐落在成都平原西部的岷江上，位于四川省都江堰市城西。由秦国蜀郡太守李冰及其子率众于公元前二五六年左右修建。

② 鱼嘴：李冰采用中流作堰的方法，在岷江峡内用石块砌成石埂，叫都江鱼嘴，也叫分水鱼嘴。鱼嘴是一个分水的建筑工程，把岷江水流一分为二。东边的叫内江，供灌溉渠用水；西边的叫外江，是岷江的正流。

③ 宝瓶：玉垒山宝瓶口引水工程。内江水通过此处流入成都平原。

④ 二王：指李冰父子。都江堰旁有二王庙，原为纪念蜀王的望帝祠，后改祀李冰父子，更名为“崇德庙”。宋代以后，李冰父子相继被皇帝敕封为王，故而后人称之为“二王庙”。

忆旧游

鄱阳湖记忆[1]

满湖金色漫，看夕阳红帆鹭鸥闲。赤足沙滩浅，正黄毛幼髻，振臂呼顽。岸边老树村落，鸡犬磨房欢。有陌上归人，青衣斗笠，一袋黄烟。

当年，逢雨季，叹泽国苍茫，碧草连天。转眼秋风起，又天高云淡，拉网渔喧。越冬候鸟群至，仙鹤舞翩跹。但沧海桑田，鄱阳月色还似前？

---

① 一九六八、一九六九年，我曾随下放的母亲在鄱阳湖畔都昌县住过一年，时年十岁。

摸鱼儿

呼伦湖[①]

似长歌、韵从悠远，无边原野苍宇。驰骋千里寻湖泽，前面忽惊蓑羽。[②] 天尽处，看浩渺横陈，寂寞波无语。孤舟曲浦。慕左岸黄羊，湖西拴马，欲渡唤谁与？[③]

逢丰水，旧尺新痕又著，归来群鸟邀舞。红芦摇曳斜阳晚，失了呼伦沟路。[④] 嵯岗聚，借美酒三杯，酣畅襟怀吐。[⑤] 天湖须护。叹赣水湘湖，愁鱼恨鹳，前事不堪顾。[⑥]

---

① 呼伦湖：又称“达赉诺尔”，蒙古语意为“海一样的湖”。位于内蒙古东北部呼伦贝尔大草原腹地，北邻俄罗斯，南近蒙古。湖面呈不规则斜长方形，面积二千三百多平方公里（水位在五四五米左右时），平均水深五点七米。

② 蓑羽鹤是呼伦湖一种珍贵鸟类。我们车接近呼伦湖时，道旁忽然惊起两只蓑羽鹤，扑棱棱地向远方飞去。

③ 在呼伦湖南端与蒙古接壤的草原上，常有大群的国家二级保护动物黄羊出没。在呼伦湖的西岸边，有传说中的成吉思汗拴马桩。近年，当地将海拉尔河与呼伦湖连通，加上当地进入十年一轮回的丰水季，湖面上升，远望浩瀚无垠。

④ 我们从海拉尔出发，经阿尔古郎、乌兰诺尔、嵯岗镇抵呼伦沟。乌兰诺尔俗称乌兰泡，是呼伦湖自然保护区核心区之一。“乌兰”的蒙古语意为红色，“诺尔”为湖。夕阳下成片的芦荻宛如红色的波浪。乌兰泡位于呼伦湖与贝尔湖中间，面积约七十五平方公里。呼伦沟在呼伦湖东北角，面积五十八平方公里，由芦苇、湿地构成，是水鸟、鱼类繁殖觅食之地。我们在从乌兰诺尔去呼伦沟管护站的时候迷了路，在草原上转了很久。

⑤ 嵯岗：即嵯岗镇。我们一行在嵯岗镇吃中饭，热情的主人为我们备下了丰盛的蒙古餐和酒。酒过三巡，主人为我们送上一曲长调，十分悠扬动人。

⑥ 赣水湘湖：鄱阳、洞庭湖。近几十年，两湖面积大为缩小，并屡有污染事件发生，揪动国人之心。

苏幕遮

日暮月牙泉[①]

落霞蔚，烽燧静。[②] 弦月清泉，倒映金岑顶。远处游人攀似蚓。[③] 暮色天边，谁把羌声领。

旧沙洲，新客竞。天鼓虽存，渐瘦沙泉影。[④] 怎得今人如梦醒。蓄水休耕，还复唐时景。

---

① 月牙泉位距敦煌城南五公里，周有鸣沙山，因沙动成响而得名。古人形容沙响似鼓声，又曰天鼓。资料介绍，鸣沙山东西绵亘四十余公里，南北宽约二十余公里，主峰海拔一千七百一十五米（相对高度约一百七十来米）。鸣沙山环抱中之月牙泉，面积十三点二亩，平均水深四点二米。流沙与泉水近在咫尺，但泉水不浊不涸，沙泉共生共存。

② 古代阳关向北至玉门关一线有七十公里长城相连，每隔数十里即有烽燧墩台。阳关遗址附近古董滩北侧墩墩山顶上有一座保存较完整的烽燧。

③ 沙山四周皆可上，为便游人攀爬，有几处绳梯自山上铺下。远处望之，游客攀行于几条绳梯之上，就像几条蚯蚓蜿蜒而上。

④ 历史上的月牙泉面积大水很深。据说直到一九六〇年前，泉水没有大的变化。但到一九七〇年代中期，当地垦荒造田抽水灌溉及近年来周边植被破坏、水土流失，导致敦煌地下水位急剧下降，月牙泉水面大大萎缩，并一度出现过干涸现象。

八声甘州

游阳关记①

日沉西域路，对茫茫大漠绪无边。看南山依旧，千年戈壁，几缕孤烟。古董滩头烽燧，远去雁声残。点点红驼刺，坚忍风前。②

漫吊汉唐遗迹，正低吟三叠，慨叹张骞。忽征幡去处，惊现堰堤弯。阻流沙、荒原初翠，垒清渠、蓄水任鱼闲。藤亭下，酒逢新友，尽兴方还。③

---

① 阳关位于甘肃省敦煌市西南古董滩附近，是古丝绸之路南路必经关隘，其与玉门关一南一北，皆为河西走廊通往西域的重要门户。

② 骆驼刺是戈壁滩和沙漠中骆驼赖以生存的草，故又名骆驼草。阳关初秋，荒漠残垣，一簇簇骆驼刺在秋阳下呈暗红色，在旷野的风中愈发显得顽强、坚忍。

③ 在阳关古烽燧遗址西南的龙勒村西土沟，有号称“沙漠都江堰”的水利工程，但见沙堤纵横，岩壁渗泉，溪水泠泠，湖光沙色，满目芦苇摇曳，红柳、拐枣、梭梭等沙生植物十分丰茂……是夜，与何延忠、谭飞诸兄把酒畅谈，月上方归。

八归

湘桂道上[1]

年年望远，终行南国，携手恍入水墨。萦回远浦孤峰立，烟柳溪墙村廓，古街倾仄。老阁危桥相伴久，正点缀、空蒙山色。小憩处、土酒甘醇，醉了北方客。

行走湘南桂北，时晴还雨，秀水甘棠寻陌。柳公祠外，湿阴流湍，凭吊河东魂魄。宿黄姚镇里，姑婆岭近，响瀑如雷送寒恻。潇湘合、一从萍岛，万载相随，情如琴与瑟。

---

① 九月，与刘芳自北京到桂林，借永昌三哥车，游桂林、贺州、永州诸地。秀水、甘棠、柳公祠、黄姚镇、姑婆山及潇湘（合流）、萍岛等均系沿途地名、景观。

红林檎近

都昌寻迹[①]

何处堪追忆？接天彭蠡湖。岸弯夕阳染，归鸟竞相呼。一簇烟村隐约，几处犬吠声疏。四十六载须臾，祠堂记当初。

路遇挑担叟，又识打狼夫。[②] 堂前旧燕，曾听檐下唏嘘？对重逢兄弟，依稀景色，怕将岁月充酒壶。

---

① 是日，在时隔四十六年重逢的童年伙伴郭清华等的陪同下，重返都昌县北山乡荷垅村横山头郭村。一九六八年底我曾随母亲下放此地，在村中祠堂厢房居住约一年。彭蠡湖：鄱阳湖古称。

② 挑担叟：进郭村时遇到一位挑着一担禾秆的老人，名叫郭其柳，七十四岁。母亲下放进村时他曾帮卸行李。他为我们打开了曾住过的祖堂（即祠堂）门。打狼夫：在路边见到一位老人，叫郭卖媪，八十五岁，当年他有一支土铳，曾打过一头进村盗食小牛的灰狼。

破阵子

过卢沟桥忆胡广诗作[①]

柳絮杨花春色，断云斜月卢沟。三载晨昏车马渡，常忆诗翁吟晚舟。时光似水流。

看尽京都风物，惯听帝鸟啁啾。莫道前贤堪柱国，总是书生先白头。心怀天下忧。

---

① 我自三年前迁至京西南乡下居住，早晚常经卢沟桥。胡广，明初名臣，曾作《卢沟桥》诗二首（据《帝京景物略》）：

断云斜月色苍苍，照见桑干河水黄。茆屋居人闲入梦，石桥行旅戒余光。未收远市红犹火，极望平川白已霜。曾侍六龙桥上驻，萧萧旌旆马鸣长。

残星残月晓苍苍，溪着秋涛树着黄。山寺钟开惊鸟梵，石梁舟散照鱼光。丹枫几点心存日，清遂一枝声在霜。老臣头白疏封事，边净河驯闲岁长。

忆旧游

红场偶遇[1]

似经年旧识，厚重红墙，东正堂高。四顾皆相敬，谒江山舵手，卫国英豪。[2] 慰魂不熄灯火，新侣照心桥。[3] 遍赭石留痕，华宫驻迹，往事滔滔。[4]

如潮，众声动，正九十年前，锤子镰刀。转眼光阴逝，问沉浮谁主？双首鹰翱。[5] 眼前骤起纷攘，民众又呼号。叹但有安康，谁人在意谁在朝。

---

① 二〇〇七年五月二十四日，游莫斯科红场，间遇民众示威。

② 红场上有列宁陵墓和苏俄民族英雄米宁、波扎尔斯基、朱可夫等人的雕像。

③ 红场西北侧克里姆林宫红墙外有无名烈士墓。深红色大理石上，陈设着钢盔和军旗的青铜雕塑，墓前长明灯从建成时一直燃烧到现在，从未熄灭。许多苏联/俄罗斯青年新婚时都愿意选择在这里举行仪式，向无名烈士敬献鲜花。

④ 赭石：红场地面全由红赭石条组成。华宫：克里姆林宫。

⑤ 一九一七年十一月七日由列宁等布尔什维克领导的武装起义，为苏联成立奠定了基础。锤子镰刀是苏联国旗、国徽的主要标志。一九九一年十二月二十五日苏联解体，俄罗斯正式独立。一九九三年十一月三十日，俄罗斯决定采用十月革命前伊凡雷帝时代的以双头鹰为图案的国徽。

少年游

哥本哈根

王宫广场看新装，橡树路灯黄。风车鹳鸟，老房鞋舞，姆指小姑娘。[1]

钟声城堡皆童话，何处不雕墙。万里来寻，人鱼犹在，月下正梳妆。

---

① 哥本哈根到处充满童话气息，你偶进街边一小店，也许会被悬挂在梁上的木偶“尸体”吓一跳。《皇帝的新装》《老橡树的最后一梦》《老路灯》《风车》《鹳鸟》《老房子》《红舞鞋》《拇指姑娘》等均为丹麦童话家安徒生的作品。

西吴曲

卡尔马[①]

走天涯水澹波渺，渐乌云密合旧城堡。过悬桥拱券，老堂灯火通曜。耿忆当年，盟共主华筵于奥。八百载铜瓦蒙尘，问岁月落痕多少。

岸边街间，融古意安恬，红黄小楼翠鸟。漫步绕。海湾帆似闲云，苔墙镶饰，望处危哉塔老。如斯宁静，一日尽付喧嚣。忧郁伫苍鬓，心事有谁料？

---

① 卡尔马是瑞典东南部波罗的海岸边一座恬静的古城。城中有建于八百多年前的具有浓郁的文艺复兴风格的卡尔马城堡，进入城堡须过一座古桥。一三九七年，瑞典、丹麦和挪威三国在卡尔马城堡签订共处条约，建立了历史上著名的卡尔马联盟。

近年，卡尔马市政当局把目光投向经济蓬勃发展的中国，冀望得到来自中国的投资。当地报纸《Barometem》在报道一个中国项目剪彩活动时写道："红色在中国代表着吉祥、幸福……会场被一片红色所装饰"，"大风、微雨、焰火、飞扬的领带和头巾……仪式在中国一首《红红火火》的歌曲和大风中举行"，"当'中国风暴'刮进来的时候，世界上没有一把梳子能够理顺与会嘉宾的头发"。小城报纸的编辑眼光很锐利，紧紧抓住了当天"红色"和"大风"这样两个富于寓意的景象来做文章。报纸编辑还注意到，在剪彩活动举行时，风雨中，当地一对老年夫妇远远地站在停车场前，注视着眼前发生的一切。的确，在卡尔马政府眼中，挟巨资而来的中国人，所带来的可能是当地就业数字的增长和经济活力的增强；而在那对老年夫妇的眼中，看到更多的，则可能是卡尔马未来不可预测的变化，这变化会对他们既往安逸宁静的生活产生什么样的影响呢？

菩萨蛮

斯德哥尔摩

北欧旖旎湖之国，金秋遍地红黄色。城堡画中桥，教钟声自遥。

宫前貔虎阅，王宴邀明月。[①] 百载止刀兵，悠然驼鹿行。[②]

---

① 每天中午，建于十七世纪的瑞典王宫前都有头戴红缨军帽、身着中世纪军服的卫兵举行换岗仪式。王宴：斯德哥尔摩是阿尔弗雷德·诺贝尔的故乡。每年十二月十日诺贝尔逝世纪念日，斯德哥尔摩音乐厅都举行隆重仪式，由瑞典国王亲自给诺贝尔奖获得者授奖，并在市政厅举行晚宴。

② 自一八〇九年以来，瑞典没有卷入各种战争之中，包括两次世界大战，因此斯德哥尔摩被称为“和平的城市”。在从卡尔马到斯德哥尔摩的公路上，沿途可见“小心驼鹿穿过”的提示牌。

鹧鸪天

赫尔辛基偶见

海上云低归画樯，芬兰湾畔正秋凉。码头集市观元首，岩石镂空礼拜堂。①

红塔立，白柱廊，广场周遭尽淡黄。② 夜色钟楼深沉里，水岸朦胧俏女郎。③

---

① 赫尔辛基南码头又称渔人码头，有露天自由市场。码头对面隔一条马路是建于一八一四年的芬兰总统府。我访赫尔辛基时芬兰是一位女总统，常步行上班，经过南码头集市，人们司空见惯，只是礼貌地跟女总统打着招呼……岩石教堂：又名坦佩利奥基奥教堂，完成于一九六九年。

② 赫尔辛基大教堂和乌斯本斯基教堂皆为赫尔辛基著名建筑。前者是一座路德派教堂，呈乳白色，建于一八五二年；后者系俄罗斯统治期间修建之东正教堂，其红砖色塔楼和外墙很有俄罗斯风格。参议院广场是赫尔辛基最古老街区，周边建筑多为淡黄色新古典主义风格。

③ 夜色中的赫尔辛基有种朦胧美，街边酒吧墙上的火炬，红色的火焰在夜风中摇曳。街灯昏暗，更使古典式建筑带着一种神秘。芬兰湾停着许多游艇和渔船。我们晚饭后沿芬兰湾散步，走着走着，忽见一男子半躺岸边，下半身浸泡在水里。男子个头很高，似乎喝多了。我们不懂语言，正犹豫间，前面来了两个芬兰女孩，走到醉汉跟前停了下来，好像是商量着怎么办……我们散步回头再经此地时，醉汉已被拖上了岸，正垂头坐在人行道上，仍未醒酒的样子。那两个女孩则一直在醉汉跟前守着……

北海道号子[1]

雨夜风寒树影斜，
忽闻街角起胡笳。
“哦嗬哟嗬北海道”，
粗犷雄浑声带沙。
啸似莽原千里雪，
苍如斑驳百年桦。
但听委婉深沉处，
不觉乡思动地涯。

① 北海道春天来得晚，四月仍可见遍地覆雪。自东京抵札幌，找到预订的旅店把行李放下后，立即去找传说中的“拉面一条街”。是夜札幌小雨风凉。正行间，忽听街角传来一首歌曲，旋律悠扬深沉，颇有北陆沧桑之感。歌词则翻来覆去就一句：“哦嗬哟嗬北海道，北海道哦哟嗬。”

一剪梅

游洞爷湖①

四月孤身世外游。湖上兰舟，天上沙鸥，苍凉落寞道南州。雪岳霜头，绿岛春稠。

水岸徘徊能忘忧？王粲登楼，庾信言愁，人生易叹雁之丘。② 情也无休，心也难收。

---

① 仲春季节，自北海道首府札幌乘大巴，穿越道南山区至洞爷湖。道南高原依然白雪莽苍。车过中山峠后，隐约可见一湖碧水于群山怀抱之中，这便是洞爷湖了。洞爷湖北，有号称“第二富士山”的羊蹄山，山上为白雪覆盖。湖心有四个岛屿，其中的大岛郁郁葱葱，春意盎然。是日游客稀少，远处有一艘游船荡漾于山湖之间。四周寂静无声，天地间仿佛唯沙鸥与我矣。

② 王粲：东汉文学家，建安七子之一。曾作《登楼赋》，抒写生逢乱世、客居他乡、怀才不遇之忧。庾信：南北朝文学家，传其曾作《愁赋》。雁之丘：元初元好问《摸鱼儿·雁丘词》序曰：“泰和五年乙丑岁，赴试并州，道逢捕雁者云：‘今日获一雁，杀之矣。其脱网者悲鸣不能去，竟自投于地而死。’予因买得之，葬之汾水之上，累石而识，号曰雁丘。”《雁丘词》首句“问世间，情是何物，直教生死相许”，写尽人间至情。

踏莎行

残波岬[①]

碧海扬波，风惊涛怒，沉云遮断天涯目。[②] 望洋塔影伴愁生，残波岬雨倾如注。

天使东来，秦期西渡，曾经帆满丝绸路。琉球往事自何寻？神州翘望青雕柱。[③]

---

① 残波岬位于冲绳岛中部西海岸。是日从真荣岬去残波岬，亦步亦车，边走边寻。时海风劲吹，春雨骤至，旅人寥寥。及至残波岬，极目远望，但见东海波涛汹涌，断崖下乱云穿石，丈高水花直溅脸面。岬上白色瞭望塔与苍茫海天混为一色。

② 目：入声字，此处以入代去（见《词林正韵》）。

③ 近处有琉球最早引入中华文化的秦期雕像，立于石柱之上，手指大陆，翘首西望。

鹧鸪天

琉球村[1]

三月琉球翠色侵，竹廊九曲柳烟深。欲听三线西来客[2]，漫闻春鸟乱纷吟。

狮子舞，艾塞音，[3]八旬老妪自穿针。人生多少沧桑事，俱付窗前细雨涔。

---

① 琉球村位于冲绳县中部的恩纳村，是一个集古代琉球建筑、民俗、农耕、祭祀文化于一体的村落公园，里面有上世纪八十年代初从冲绳各地移来的有一两百年历史的民居建筑，每天村前都有体现琉球文化的歌舞表演。

② 三线：冲绳一种具有代表性的乐器，源自中国福建地区的三弦，十四世纪传到琉球，大约在十六世纪传到日本本土，演变成日本现在的具有代表性的乐器三味线。

③ 冲绳人崇尚“琉球狮子”，大部分民居屋顶上都有从中国传来的用于避邪的陶狮。琉球村入口处有“狮子舞”表演，也是从中国传来的一种民间舞蹈。艾塞舞是旧日盂兰盆节时，由身着皂装、头缠额巾的琉球青年男子跳的腰鼓舞，其着装、舞步、鼓点节奏颇与中国腰鼓相似。

念奴娇

首里城怀古[1]

清岚徐起，白帆渐去远，碧波轻漾。东海岛陈形似链，多少风云回荡。首里城中，康乾匾在，尚氏徒悲怆。[2] 王宫庭外，只余和舞轻唱。

何以托庇天朝，但随人取，容宝珠旁让？自下西洋三保后，华夏不思东望。[3] 怎奈如今，丘间虎贲，剑戟皆西向。江山已改，惹来无限惆怅。

---

① 三月十七日游冲绳县那霸市首里城。这是古代琉球王国的宫城，始建于十四世纪初叶，历史上屡毁屡建。拾级而上，城门前及王宫内，有康熙等清朝皇帝以及中国使者为琉球王国题写的牌匾。宫城前有日本能剧表演，舞者和姿轻摇，低吟浅唱。蓦然间，有美军战机呼啸而过。

② 尚氏家族曾统治琉球王国几百年。

③ 三保，即郑和，人称三保太监，亦作三宝太监。琉球王国曾为中国藩属，一八七九年三月十一日为日本正式兼并（以琉球之地设置冲绳县）。时中国国力衰微，无暇东顾。

鹧鸪天

那霸饮事①

夜色朦胧海上山，骤然春雨促人还。忽闻酒肆传乡曲，误认羁身在闽南。

人未醉，酒稍酣，店东与客笑谈欢。自言先祖迎天使，曾视东瀛为异番。②

---

① 那霸为冲绳县首府。是日游冲绳中部海岸，夜归那霸，逢小雨忽至。匆匆路过旅店附近一酒馆，里面播放的乐曲甚为熟悉，细听之下，是一首曾风行中国海峡两岸的流行歌曲。于是步入店内，要了啤酒、菜和琉球炒面，自斟自饮。时店内只有一位三十来岁男子，知我自北京来，甚为殷勤，聊将起来。少许，一老妇至，男子忙介绍："这位是北京来的！"老妇随即拎来一瓶日本烧酒，倒上满杯，自称店主，劝我畅饮。老妇稍后又拿来一瓶中国酒，说是其女去中国时，朋友送的，问我此酒如何？细观之，乃中华名酒，于是告其此乃中华上好之品牌也。老妇大乐，言欲珍藏之。后几日，返国飞机上忆起此事，填《鹧鸪天》以记之。

② 天使：泛指中国清朝赴琉球的使节。异番：野蛮人。日本九州浪人、海盗屡屡劫掠琉球国，为日本入侵琉球群岛之肇始。

水龙吟

风雨知床[①]

蒙蒙百里知床，危峰并立天涯岸。龙蛇声动，沧溟横雨，汪洋汗漫。征棹飞驰，燕翔鸥影，西来诸伴。[②] 看波连东亚，风生鄂海，惊雷滚，飞云乱。

休问环洋几国，极寒时、流冰布遍。黑龙舞水，西伯送冷，共襄银幻。[③] 人似西南，物同东北，猎渔曾换。但地成割据，文亡千载，令游人叹。[④]

---

① 知床为北海道东北部的一个半岛，濒临鄂霍次克海，其西海岸为延绵不绝的陡峭悬崖，有数处河川从高处跌落海中。“知床”在阿伊努语中为“天地尽头”之意。此处为全球纬度最低、有海冰现象的海域。

② 十月四日，知床海岸大雨滂沱，松声风动，汪洋迷茫。是日与其仁、存智、伟民、杜平、牧之等诸兄，及日本友人后藤健市、林浩史等乘快艇游知床海岸。

③ 据北海道网走市的观光材料，鄂霍次克海的流冰源头，在穿越中国和俄罗斯国境的黑龙江。黑龙江的冰雪融化后，大量注入鄂霍次克海，十一月下旬西伯利亚吹来冷风使之逐渐结冰。三个月后，西伯利亚大陆沿岸形成的流冰慢慢布满沿岸，到三月中旬，海面的百分之八十都被寒冰覆盖。伯：入声字，此以入代平。

④ 鄂霍次克海沿岸原有鄂霍次克文化，是七至十七世纪出现在黑龙江下游、堪察加半岛、库页岛和北海道及千岛群岛的狩猎采集文化。这里的古代居民互相之间有着诸多交流，而国界之分、岛屿之争，使现今沿岸交流反不如古代。

八声甘州

东瀛纪行

正飞霜万里叶红时，东瀛论方酣。渐双雄并起，明猜暗忌，邻里难安。恩怨情仇未了，东海又硝烟。[1] 且看群英会，指点江山。

论罢乘风北海，试烤牛牧野，驰驾坡原。沐知床风雨，秋色已斑斓。[2] 更相沿、荧屏之路，看客来、救助厄难间。[3] 人言道：不临其境，不解其源。

---

① “中日及东亚发展转型改革论坛”在东京举办前夕，恰逢中日发生钓鱼岛撞船事件，双方国民对立情绪严重。

② 论坛后中方嘉宾赴北海道调研，先后参观牧牛场、千年森林，访问十胜每日新闻社，游知床五湖及海岸，并与当地贤达会谈。

③ 中国导演冯小刚以北海道为背景拍摄的电影《非诚勿扰》，为北海道吸引了大量中国游客，竟使经济处于困境中的北海道，找到了一条复苏的路子。

阮郎归

樱岛火山①

龙蛇声动地心嘶，云霾腾起时。锦江湾里海豚嬉，隼舟归去迟。②

南北岳，黛岩奇，温泉凝碧池。③ 千年相伴耿相知，萨摩梦里诗。④

---

① 樱岛火山是一座海上火山岛，海拔一千一百一十七米，由北岳和南岳两座叠层火山组成，多次喷发。一九一四年“大正大喷发”，喷出大量熔岩，将东南侧海峡填平，使樱岛与大隅半岛相接。樱岛火山是鹿儿岛的象征，距鹿儿岛市中心四公里。现在樱岛火山正处于活跃状态，我们登岛没多长时间，就碰上四五次喷发，每次云烟腾起，冲霄而上，极为壮观。

② 锦江湾：亦称鹿儿岛湾，为萨摩半岛和大隅半岛东西怀抱，中即为樱岛。天气好且幸运的话，游客可以看见锦江湾里游弋嬉戏的海豚。隼舟：萨摩渔舟。旧时人们将萨摩男人称为“萨摩隼人”，即像鹰一样的男人。

③ 樱岛上温泉众多，火山脚下有日本最长的濯足温泉。

④ 鹿儿岛人数千年来与樱岛火山相伴，既受其扰，又习惯了这个时而暴躁时而温柔的大自然之邻。鹿儿岛人虽然很烦没完没了往外喷的火山灰，但只要出门在外，做梦都会想起她——真可谓爱恨交加。

蝶恋花

指宿白水馆①

三月春明白水馆，轻扇回廊，淡雅和风婉。谁把瑶台东海遣？凭栏眺望云山远。

馆侧传承藩宝展。② 殿宇刚柔，今古时空转。③ 隙驷不留千载短，萨摩往事镏金碗。

---

① 鹿儿岛指宿位于日本九州最南端。指宿白水馆为和式风格的酒店，曾接待过不少外国首脑和日本名流。

② 指宿白水馆内设萨摩传承馆，收集了约三千件包括萨摩烧（陶器）、中国陶瓷在内的珍稀异宝，并展出其中约三百件，通过一个侧面展示了昔日萨摩文化。

③ 萨摩传承馆是典型的日式建筑风格，其中许多建筑材料，是传承馆主人从上海运过来的。其本殿设计风格反映了萨摩隼人的刚健，从殿设计则体现了萨摩女子的柔美。殿外一泓清水，星月之夜，若水银泄地。

水调歌头

仙岩园随想[①]

亭伴绍兴水，名自贵溪山。春风东海深处，题刻在云端。门上蝙钉喻福，庭后江南翠竹，借景海边园。晓雾火山岛，日暮锦江湾。[②]

趁游兴，追往事，古今看。大清完败，惊起藩岛效红番。[③] 百载沧桑不远，今日中华运转，岂复旧时观？攘攘东来客，西去万帆悬。

---

① 仙岩园是日本九州鹿儿岛旧萨摩藩藩主岛津家族的别庄，典型和式建筑，建于锦江湾（又称鹿儿岛湾）畔。

② 仙岩园以园前的樱岛火山为"假山"、以锦江湾为流水，是一处著名的借景庭园。仙岩园的风格源于中国江南园林，其名即出自中国江西省贵溪县境内龙虎山的仙岩。仙岩园内有摹仿浙江绍兴兰亭流觞曲水的曲水亭和从中国引进的江南竹林。园后山岩上刻有"千寻岩"三个大字。据介绍，在日本本土并没有在岩石上刻字的文化，萨摩藩将此文化融入仙岩园内，十分罕见。别庄的御殿内有蝙蝠形状的钉隐，这是因为汉语中"蝠"与"福"同音，蝙蝠被视为吉祥之物。

③ 中英第一次鸦片战争中国大败于英国，消息传到萨摩藩，引起其强烈的危机感，并从此向欧洲列强学习，大开通商口岸，发展经济贸易，引进技术，整饬军备，成为日本列岛最早推进近代化的地方。

鹧鸪天

雾岛之晨[1]

雾岛晨曦驱晓寒，山峦无语水声潺。松林深处氤氲起，水滑池溜凝脂泉。

云鬓漉，俏朱颜，娉婷出水比貂蝉。池旁树后谁偷窥？满眼清纯幼鹿闲。[2]

---

① 日本九州雾岛旅行人山庄，除了有可供多人共浴的“大汤”(温泉池)外，在松林里还有四个彼此看不见的“小汤”，旅客可独自享用，但要提前预约。若约在早晨，晨曦初露，鸟语草香，欲暖还寒，甚为怡人。

② 雾岛地区有野鹿，不惧人，时常凑到公路前看来往车辆。山间酒店对鹿不设防，任其来往，因此在露天温泉泡汤时常可见悠闲的鹿。

瑞龙吟

熊本城游记①

西风渐。天守阁上飞檐，橹前和殿。环城银杏飘黄，凋零枫叶，霜弥草漫。

雁声唤。天地肃清如故，古城还见。相携异域同游，尽情皓首，轻盈旅伴。

登阁扶栏环望，拒山凭海，城头云卷。遥想昔时初成，雄峙刚健，欢歌笑语，灯火三更炫。谁能料，花前月下，曾经鏖战。武士功随愿。夕阳似血，林涛吟怨。今日回头看，皆往矣，输赢须臾成幻。但留阙下，髻鬟团扇。②

---

① 熊本城，日本九州重镇。明治十年（一八七七年）西南战争时，西乡隆盛率军攻打熊本城，五十二天强攻不下，后兵败自杀。战前熊本城天守阁意外发生大火，许多重要文物和城楼被烧毁。后熊本城被日本政府指定为“国家重要文化财”，一九六〇年代开始重建。我曾于春天到访熊本城，同年冬，携刘芳并岳父母再游该城。

② 为吸引游客，熊本城下有装扮成当年武士、忍者模样和身着和服手执团扇的青年男女，游人可与之合影。

鹧鸪天

阿苏火山[1]

峭壁环围百里原，原心突兀五峰寒。共工息怒蚩尤歇，[2]地底氤氲龙打鼾。

山顶冷，地心欢，火山性格不能参。心随所愿无拘束，情到浓时天地翻。

---

① 阿苏山位于日本九州岛熊本县东北部，略呈椭圆形。据资料介绍，其南北长二十四公里，东西宽十八公里，面积二百五十平方公里。在大火山口内有十余个喷火口(故又称复式火山)，并形成中央火口丘群，其中以高岳、根子岳、乌帽子岳、中岳和杵岛岳最有名，称之为“阿苏五岳”。高岳最高，海拔一千五百九十二米。中岳仍有火山活动。阿苏山火山口外的外轮山，海拔约一千米，内侧多悬崖峭壁，熔岩裸露；外侧地势较缓。登上外轮山北侧的大观峰可眺望阿苏山全景。大火山口内多温泉、瀑布，风光绮丽。

② 共工：又称共工氏，为中国古代神话中的水神，掌控洪水。《山海经》中记载共工与火神祝融大战，共工失败而怒触不周山。蚩尤：中国上古传说中的战神，苗族的祖先，曾与黄帝大战。

西吴曲

华沙随感①

正寒风递冷时节，渐街旁老树凋黄叶。忆华沙旧事，还须缘景寻辙。里巷风光，红顶塔尖相接。② 似玉带、河水清澜，举剑盾、美人鱼倔。③

夕阳城堡，披几世沧桑，沉吟古今欲说。往事越。柱高空铸英雄，东强西敌，苦难何曾有绝？④ 还如今者，去尽桎梏江山，虽沐雨经风，人面尽和悦。

---

① 十一月十八日抵波兰首都华沙，宿华沙新城市中心 NOVOTEL 酒店。华沙位于维斯瓦河中东段的两岸。公元十世纪和十一世纪初已有居民，城市初建于十三世纪中叶，一五九六年成为首都。

② 华沙老城区位于维斯瓦河西岸，这里集中了中世纪红色尖顶建筑群，城区有巴洛克式建筑克拉辛斯基宫、瓦津基宫及圣十字教堂、圣约翰教堂、罗马教堂、俄罗斯教堂等。

③ 华沙美人鱼青铜雕像为波兰著名雕刻家鲁德维卡·尼茨霍娃女士于一九三六年开始雕塑。与其他美人鱼不同的是，这座雕像高大，昂首挺胸，左手紧握盾牌，右手高举利剑。据说当时欧洲战云密布，作者忧虑祖国命运，才塑造了这样一个保护祖国的美人鱼形象。

④ 城堡广场中心耸立着泽格蒙特三世瓦扎的圆柱纪念碑，是由瓦迪斯瓦夫四世为纪念其父泽格蒙特三世瓦扎迁都华沙而于一六四四年兴建的。站立在圆柱上的泽格蒙特三世头戴王冠，身披战袍，手执利剑和十字架。传说国王宝剑的指向分别代表：向上指象征胜利和幸运，向下预示厄运和衰亡。一五九六年华沙成为波兰首都后，先后多次毁于战火或被异族占领和统治。波兰地处中欧，东西比邻的苏俄和德国皆为大国。二战中全城百分之八十五的建筑被毁。现古城为战后重建。

少年游

克拉科夫[①]

沧桑广场旧钟楼，中世老城游。墙浮雕像，顶镌骑士，古堡影斜投。

千年磨难留痕在，日暮号声悠。[②] 小巷深长，阑珊灯火，夜雨更添幽。

---

① 十一月二十日，自华沙乘火车抵克拉科夫，宿中央广场旁边小街旧式公寓式旅馆 Aparthotel Stare Miasto。克拉科夫位于维斯瓦河上游，建于公元七百年前后，是中欧最古老的城市之一，为维斯瓦族的故乡。一三二〇年—一六〇九年为波兰首都。距华沙市约二百五十公里，七十多万人口。据说，克拉科夫的中央广场号称欧洲最大的中世纪广场。

② 中央广场边有玛利亚教堂，哥特式建筑，每隔一小时，教堂钟楼上的号手会吹响一次长号。据说这是为纪念中世纪抵抗异族入侵的一位忠于职责、坚守岗位的号手而流传下来的。

扬州慢

冬过柏林

冬过柏林，湿风寒恻，暗云蔽日迷城。正连绵雨季，叹抑郁方生。[①] 纵然是、寻花巷陌，载歌台榭，常伴冥灵。[②] 断头堂、沉肃无言，环顾时兴。[③]

乱涂去处，旧东都、相识曾经。[④] 但斗转星移，苍髯幼髫，皆付轻盈。铁幕凿开犹记，喧哗起、刹那墙倾。[⑤] 过残垣遗址，还听雏鸟新声。

---

① 十一月二十二日，雨，自波兰克拉科夫乘大巴夜抵柏林。柏林冬季多阴雨湿冷天气，类似气候长达几个月。

② 柏林有“战争之都”之称，市内有许多纪念战争、悼念亡灵的场所。

③ 断头堂：名“威廉皇帝纪念教堂”，建于一八九一年到一八九五年，是威廉二世皇帝为纪念其祖父、德意志帝国首位皇帝威廉一世而建造。这是一座带有哥特式元素的新罗马式建筑。二战时被轰炸掉了屋顶，德国人为了警示后人不要战争，所以没有修复教堂，保留了因为战争所留下的痕迹，故被称为“断头教堂”。

④ 冷战时期，东德于一九六一年在西柏林四周修起柏林墙。柏林墙靠西柏林一侧，被涂鸦各种漫画、字句，成为著名景观。

⑤ 一九八九年十一月九日，民主德国政府突然下令凿开柏林墙，宣布开放东西柏林、东西德的分界线。民主德国居民顷刻像潮水一般迅猛地涌向西柏林和联邦德国各地。

洞仙歌

雪天游新天鹅堡[①]

漫天飞雪，看晶莹仙墅。城堞云楼抵天宇。[②] 被西风、吹尽红叶流霞，山湖静，一片冰清玉树。

问谁何浪漫，筑堡峰巅，更上瑶池窃梁柱？寂寞少君王，抑郁人生，唯童幻、可堪留驻。[③] 但不幸生于帝王家，纵八斗才高，却归何处？[④]

---

① 十一月二十五日，自慕尼黑驱车往菲森（Fussen）新天鹅堡。在距目的地约二十来公里处遇雪，至新天鹅堡时已是大雪纷飞，一片银白世界。

② 新天鹅堡是十九世纪晚期的建筑，位于德国巴伐利亚西南方，邻近年代较早的高天鹅堡（又称旧天鹅堡），距离菲森镇约四公里，离德国与奥地利边界不远。

③ 少君王：路德维希二世（Ludwig Ⅱ，一八四五年——一八八六年）。维特尔斯巴赫王朝的巴伐利亚国王。具有浓郁的艺术气质，被称为“童话国王”“天鹅国王”。兴建了包括新天鹅堡在内的数座城堡。

④ 路德维希二世热衷于修建城堡，不仅耗尽私人财富，且消耗大量国家财富。巨额债务和沉浸在个人幻想中的行为引起王室不满，一八八六年，路德维希二世的大臣和亲友以患有精神病为由宣布其不适合管理国家，他遭废黜并被迁往斯坦恩贝格湖边居住。据说，一八八六年六月十三日晚上，路德维希二世和他的医生去湖边散步，从此失踪。死因迄今不明。

望远行

布拉格散步

临河眺望，清波缓、落日余晖流璨。素鸥方歇，石像凝眸，古堡画桥相伴。[①] 漫步斯城，金巷大家痕迹，钟塔圣徒轮转。[②] 若登高、红瓦黄墙一片。[③]

堪叹！千载栉风沐雨，却幸甚、旧姿还见。两岸乡愁，满城记忆，斑驳更勾思恋。街角咖啡红酒，浓香轻袅，不觉心怀远。怅宋时城阙，唯余图卷。[④]

---

① 伏尔塔瓦河是捷克的母亲河，将布拉格一分为二。河上建于一三五七年的查理大石桥，又将布拉格城堡和新城联结在一起。查理大桥长五百二十米，宽约十米，两侧有三十座宗教雕像。据说在伏尔塔瓦河上共有包括查理大桥在内的十八座桥梁。布拉格城堡位于查理大桥一端的丘陵上，已有一千多年历史。此外，圣维塔大教堂是布拉格城堡最重要的地标建筑。

② 金巷大家：黄金巷是布拉格城堡著名景点之一，卡夫卡曾居住在这里，现在是一家小书店。钟塔圣徒：布拉格老城广场有一座建于一四一〇年的钟楼，每到整点，钟上的窗门便自动打开，钟声齐鸣，十二个圣像如走马灯似地一一在窗口出现，向人们鞠躬。

③ 布拉格有“金色布拉格”之称。从城堡高处远眺，可见大片红瓦黄墙建筑，极为壮观。

④ 布拉格建城时间大约相当于中国宋朝。宋为中国古代城市经济最为发达的朝代之一，但其城市及建筑现在几乎荡然无存，只有展现宋都汴京风物的《清明上河图》，让人对那时中国的城市有一点遐想。

临江仙

别苏黎世[①]

辞别苏城山水秀,凭窗万里晴空。回头兀自念从容。塔高湖在望,帆远夕阳红。[②]

难得浮生闲几许,光阴莫使匆匆。旅途何必怅飘蓬。西游意未尽,归影已朝东。

① 此次中东欧之旅自华沙始,于苏黎世结束,二十八日在苏黎世机场搭乘俄航航班回国。苏黎世是瑞士最大的城市,也是欧洲最富裕的城市之一,融现代与古典、山水与建筑于一体,美丽怡人。

② 苏黎世大教堂的双塔为苏黎世的地标之一,登上塔顶,可观苏黎世全景。市区东南的苏黎世湖长达近四十公里。

临江仙

有田町观李参平碑①

町外泉山空寂处，孤碑古木荒崖。陶工往事化歌徘。无风烟自袅，迤逦有田街。

乱世漂蓬沦匠虏，异乡窟火重开。松情竹韵述乡怀。夜深何所念？遥望海云台。②

---

① 有田町，日本瓷器“有田烧”的产地，位于九州佐贺县西松浦郡的一个山沟里，随山谷蜿蜒展开。这是一座因陶瓷业而兴的小镇。有田町东部的泉山陶石遗址，立有“陶工之碑”和“李参平发见之磁矿地”纪念碑。

李参平，朝鲜王国陶瓷工匠。十六世纪以前，中国和朝鲜的制瓷业甚为发达，日本人丰臣秀吉于一五九二年、一五九八年两度入侵朝鲜半岛，史称“壬辰倭乱”和“丁酉再乱”。由于重点掠夺的目标之一就是陶瓷业，人们也将此称为“瓷器之战”。当时朝鲜许多陶工都被掳至日本。李参平即其中之一。

李参平在泉山上发现了瓷石矿，便在天狗谷建窑烧瓷。李氏瓷洁白无暇，多绘松竹，透出其背井离乡的浓浓乡愁。此后，有田陶瓷业日渐兴旺，李参平也被日本人推崇为“陶祖”。

② 海云台：韩国釜山境内的一处著名景观。此处泛喻李参平家乡朝鲜半岛。

念奴娇

关门海峡眺望①

关门眺望，正浪高流湍，云沉帆急。暗雨迷蒙唐户岸，隐约旧时楼迹。节近春归，异乡羁旅，还感阴寒逼。虽非吾土，但登高处寻觅。

似见忍辱苍髯，屈从裂土，国耻岂堪忆。亿万神州悲泗下，化作烽烟鸣镝。甲子成双，白驹去远，世势沧桑易。纵然今日，我心常有惊惕。

---

① 关门海峡位于日本本州西端山口县下关市与九州北端北九州市门司区之间，为濑户内海的西门户，古西日本海陆交通要冲，海峡最狭处约七百米。其旧称为"下关海峡"或"马关海峡"，现名取自下关市之"关"和北九州市门司区之"门"。下关以前也叫马关。

二〇一五年一月二十六日，与牧之、荣平等抵日本北九州市门司港参观。门司港在关门海峡南侧，北面即下关市唐户港。是日，小雨时停时下，海上大雾弥漫，隐约间还能够看见连接九州与本州的关门大桥和对岸的下关。

一百二十年前的一八九五年四月十七日，大清帝国的李鸿章在这里与日本的伊藤博文签订了赔款割地的《马关条约》。当时谈判和签约的地点是下关市唐户地区的春帆楼。春帆楼二战中被炸毁，后重建，现为旅馆。

忆秦娥

夜游东京湾[①]

风寒彻，东京湾上盟鸥歇。盟鸥歇，斑斓天际，彩虹横越。[②]

新朋老友皆相悦，酒香更助情浓烈。情浓烈，游轮夜话，旧时明月。[③]

---

① 二十八日自福冈抵东京。当晚，与杜平、荣平、仲梁、牧之及夫人红子、雪华等乘游轮游览东京湾。是为冬夜，天气晴朗，舱外海风寒彻，舱内气氛热烈。此前，唐鑫发来《忆秦娥》，便就其韵填词以记此游，兼和唐鑫。

② 游轮离岸较远时，从海上回望东京城，唯见天际灯火一线，“彩虹桥”正如其名，宛若一道飞虹横跨在东京湾上。

③ 二〇〇八年九月十七日，在牧之安排下，我与参加当年北京东京论坛的中方嘉宾们，也曾乘游轮游览东京湾。牧之在船上专门安排了仪式庆祝我的生日。我的生日是前一天，所以当时大家玩笑：“十六的月亮十七圆”。是夜谈及往事，不禁感叹岁月之匆匆。

第二卷

望远行

西行逃难[1]

(父忆之一)

西陵峡急,黄牛险、逆水江心舟棹。[2] 马蹄声近,国土方沦,避难满船孺小。鼓怒礁前,浮橹折帆残笛,浪里几多呼号。[3] 怅回头、江汉枪声正噪。

凝眺。荆水楚山渐远,暗记诵、岳王襟抱。[4] 昔日塾生,亦农亦学,有志始从髫小。烽火童心熔炼,西行孤雁,一去多年谁料?但历经沧海,归来英少。[5]

---

① 父亲胡文立,湖北沔阳(今仙桃)人,一九二六年出生。据堂兄俊生哥回忆,抗战期间,我父亲在湖北沔阳集木老家读私塾,武汉沦陷后,他报名参加了撤往四川的难童团。大约在一九三九年的正月初四,由叔祖父发患爹爹送他到沔阳袁家口与其他难童集中,乘船逆江而上去往四川避难。

② 黄牛:黄牛峡,长江西陵峡的一段峡谷。其两岸山势高耸,岩形粗犷。江面上水急礁多,船行至此,必须小心翼翼。

③ 鼓怒:形容事物鼓荡激动,气势很盛。鲍照《登大雷岸与妹书》:"鼓怒之所豗击。"郭璞《江赋》:"激逸势以前驱,乃鼓怒而作涛。"父亲说,当年他乘坐的船行至三峡时,前后均有船触礁而沉,人在江中挣扎,激流漩涡,莫可救之。

④ 凝眺:注目远望。张可久《山坡羊·感旧》:"凭高凝眺,临风舒啸。"吴承恩《点绛唇》之一:"闲凝眺,碧波云眇。"岳王:岳飞,有"待重头收拾旧河山"之志。

⑤ 父亲十二岁只身西行,抗战胜利后方回故乡,年十九。

望远行

江汉书生

（父忆之二）

西川揖别，才回返、又踏黉门师路。[①] 八年倭患，一望寂寂，授业不须棂户。[②] 弱冠青衫，飘逸几行行楷，《江雪》满堂同赋。沔昌潜、江汉槎舟常渡。

荆楚。听惯马嘶鼓急，世道易、旧城新主。浩荡大军，焕然气象，多少少年倾慕。难遏青春追梦，还辞乡学，负笈东南尘旅。叹此行经久，知停何处？[③]

---

① 父亲进川后，于一九三九年下学期读小学五上，一九四一年下学期考入荣昌县国立第十五中学。读完初中后，该校改为师范（荣昌师范）。父亲又读到师范二年级，于一九四六年夏复员返鄂，续在湖北宜都师范学校读一年后毕业。一九四七年下学期在湖北潜江县立中学担任英语老师，只教了三个月，县中校舍毁于战火，本学期余下几个月便在潜江城内的天主教堂小学教书。一九四八年至武昌张之洞路永生堂内小学教书。一九四九年上半年在沔阳县长埫口天主堂内小学教书。同年七月四日，与俊生哥等七人投奔中共中原局于一九四八年在河南创办的中原大学（一九四九年迁至武汉）参加革命。俊生哥因年纪小，在转介绍信时被留在沔阳县政府任文印员。

② 棂户：有花窗长轩的房屋。

③ 父亲由中原大学分配至江西省南昌市工作。自离家乡赴赣，直到一九七三年方才再回沔阳老家探亲。

望远行

系马桩前[①]

（父忆之三）

沉云密布，香樟暗、古郡潇潇春雨。眼前初见，翠翘娥眉，淡泞浅颦轻语。[②] 袅袅清茶，门外冥蒙天气，窗里万千情绪。便无言、已把山盟暗许。

佳遇。三楚独行雁影，渡赣水、豫章逢侣。系马桩前，老髯幼髫，灯火一家欣豫。[③] 时会山河重整，同心携手，远翥骞腾儿女。[④] 自寄情家国，终生相与。

---

① 系马桩：南昌进贤门内一条古街。二十世纪五六十年代，我外祖父家居系马桩街五十六号附二号。一九五四年，父亲经五十六号附三号的邻居兼税务局同事刘钟钰女士介绍，与母亲在此相识，一九五六年三月八日成婚。

② 翠翘：美人首饰。白居易《长恨歌》："翠翘金雀玉搔头。"姜夔《角招》："翠翘光欲溜。"淡泞：清新明净。柳永《木兰花》："天然淡泞好精神。"周邦彦《玉团儿》："铅华淡泞新妆束。"

③ 欣豫：欢乐。陶渊明《杂诗十二首》："忆我少壮时，无乐自欣豫。"

④ 远翥（zhù）：展翅远飞之意。骞（qiān）腾：飞腾之意。山河重整：五十年代新中国方成立，建设热潮遍及全国，父母当时都是风华正茂、有志报国的青年。

望远行

滕王阁上

（父忆之四）

何由感叹？登高阁、一望江天秋色。落霞依旧，古意苍茫，伫立白头行客。日下云间，江汉地连洪府，彭蠡水通荆泽。[1] 正西风、吹遍江南岸北。

遥忆。尝作陌阡羁役，历五载、邸传“三得”。[2] 再上杏坛，复为俯首，鹏翼万千高翮。[3] 阑下江流如逝，当年翘楚，是日苍髯谁识？但此心安处，功名镌刻。

---

① 江汉：指湖北；洪府：南昌；彭蠡：鄱阳湖；荆泽：湖北洪湖（洪湖曾属沔阳县辖）。父亲一九五〇年到南昌，一九九九年去世，在南昌生活了近五十年。晚年的他早已把南昌当成第二故乡，但对沔阳老家的思念从未停止。

② 大约在一九五〇年初父亲从中原大学毕业，分配至南昌市第四税务分局工作。在这里，他历任税务征稽员、人秘股长、副局长、局长。邸：官邸。以前有邸报，即官方公报。大约是一九五四年，当时的官方报纸曾报道过父亲的先进事迹，但记不清是哪家报纸了。在这篇报道中，父亲总结自己的经验时说，做好税务工作要有“三得”：腿要跑得、肚要饿得、口要喊得。

③ 一九五五年，根据中央向科学进军、专业归队的精神，由南昌市市长张云樵签署任命书，父亲调任南昌市第三初级中学（后更名为南昌市第九中学）校长。此后四十年，他先后任南昌九中、十一中、五中、十中、七中校长（或书记），学生何止万千。

踏莎行

邯郸树

雾锁高楼，夜亡玉兔，长街落寞谁相顾。可堪劳燕各飞时，春寒料峭风如诉。

誓约山盟，手牵朝暮，曾经患难时艰度。落花流水了无情，池旁无语邯郸树。[1]

---

① 邯郸树：唐代沈既济《枕中记》所述“黄粱梦”，又称“邯郸梦”，意指人生如梦，世事虚幻。元人无名氏小令《正宫·叨叨令》云：“黄尘万古长安路，折碑三尺邙山墓，西风一叶乌江渡，夕阳十里邯郸树。老了也么哥，老了也么哥，英雄尽是伤心处。”

曲玉管

醉向星河[1]

对酒和苑，酣然酩酊。微风习习吹人醒。仰望无垠河汉，长夜清明，数晶莹。咫尺迢遥，痴心相守，千回夜梦飞鸿影。一日连桥，恁能偿尽牵萦，诉衷情。[2]

可叹人间，怎还似、情如沧海，陆唐不论同舟，昭君却比浮萍。[3] 怨飘零。问缘牵何处，可以当垆吟赋，[4]日耕田野，夜赏琴筝，晓看晨星。

---

① 是夜与牧之饮于东京银座，酣畅淋漓，大醉酩酊。

② 牛郎织女隔河相望，鹊桥一年一度，如何能够了却得了这份永久思念。

③ “陆唐”句：陆游与唐琬一朝分手，“百年修得同船渡”之缘份就此了结。“昭君”句：王昭君感情不能自主，命运似无根浮萍，被汉元帝远嫁匈奴，居留北方沙漠之地。

④ 当垆：卓文君随司马相如离家出走开店卖酒故事。

南歌子

立秋

一夜西风起，梧桐叶半池。夏莺千啭弄蔷时，蓦见几匹斑驳上南枝。

曼妙蟾宫影，娉婷饮者姿。英雄惆怅悔还迟，[1]梦里嫦娥原是月相知。

① 英雄：大羿（后羿），上古射日英雄，嫦娥丈夫。

鹊桥仙

七夕幼鹊初为桥

斜阳老柳，新妆幼鹊，跳跃翻飞活泼。今宵银汉试为桥，正欲窥、人间情切。

盈盈去履，沉沉归步，一夜暖风冷月。才知最苦是相思，天堑隔、怎生了结？

卜算子

白露

岁月似飞梭，寂寞芳菲度。又是风清露白时，望尽天涯路。

南岭缀花窗，北国披霜树。坐看金波转户庭，往事如秋雾。

如梦令

思归

一览江河争秀，春早风寒梅瘦。[①] 欲访饮中人，城北古楼依旧。归否，归否，筑舍象湖之右？[②]

---

① 抚河在南昌与赣江合流。正月的南昌，连日阴雨，春寒料峭。至初五始放晴。酒后与筠妹等漫步江畔，但见赣江与抚河交汇，滕王古阁与对岸新城争辉，水天一色，片云孤帆，鸿雁思归……

② 南昌城南郊有象湖，其名据说得自南宋在此讲过学的陆九渊的号"象山先生"。

如梦令

正月晤少时同窗

尝忆同窗盈妙,伏案窃闻其笑。侧首欲相言,偏是面红心跳。思渺！思渺！昨夜梦回年少。

青玉案

雪中元夕[①]

霓裳玉树鱼龙节，霹雳起、流星泄。谁舞梨花倾九阙？凌波微跄，鬓云堆雪，走了相思月。

雪花愈显春心切，羁旅江郎恨离别。[②] 欲问何时相见悦？绿还畿辅，雁回衡绝，桃信传吴越。

---

① 正月十五，驱车霸州胜芳镇观灯赏月，途逢大雪，至胜芳已是一片皎洁世界。雪中观灯，别是一番景观。

② “雪花”一句，取韩愈“白雪却嫌春色晚，故穿庭树作飞花”之意。江郎：江淹，南北朝文学家，曾作《别赋》《恨赋》。

忆与母同游秦皇岛[①]

节近清明草欲青，
思亲怯往海边亭。
滩前依旧当年月，
寂寞潮汐不忍听。[②]

① 二〇〇五年曾与母亲、胡童驾车同游秦皇岛、北戴河、山海关等地。

② 汐为入声字，此处以入代平（见《词林正韵》）。

思父

尝忆当年北上时，
殷殷叮嘱车将迟。
思危虑退功名铸，[1]
养性修身家业持。
转眼清明遥祭日，
已然绿鬓换霜丝。
夜来往事常成梦，
梦醒还听杜鹃枝。

---

① 思危虑退：语自《晋书·潘尼传》“思危以求安，虑退以能进”。

沁园春

生日醉歌

何以酣狂？节近中秋，吾比夕阳。有文君进酒，公孙伴舞；金波流转，清曲环梁。太白方眠，醉翁漫浪[1]，便作疯颠何所妨。千觞尽，问壶中日月，竟有多长？

杯中满是沧桑。似可见、青春出故乡。忆北京追梦，东京求索；沪江离了，又到香江。苏子飘零，霜添潘鬓[2]，劳顿平生彷且徨。何须憾？饮罢凭阑处，秋夜煌煌。

---

① 文君：卓文君，汉代才女，曾当垆卖酒。公孙：公孙大娘，唐朝开元盛世时第一舞女，善舞剑器。太白方眠：语自杜甫“李白一斗诗百篇，长安市上酒家眠”。漫浪：散漫不拘。欧阳修诗酒放达，号醉翁，其《自叙》云“余本漫浪者，兹亦漫为官”。

② 苏东坡为人旷达，但仕途坎坷，一生颠沛流离。其曾为自己的画像题诗曰：“心似已灰之木，身如不系之舟。问汝平生功业，黄州惠州儋州。”西晋文学家潘岳，字安仁，其《秋头赋》序曰：“余春秋三十有二，始见二毛。”唐代李德裕诗曰：“越吟因病感，潘鬓入秋悲。”

贺新郎

观红叶

休道秋声咽。正西风、飞霜万里，岭淮横越。我欲乘风翔寥廓，俯瞰江山红叶。渐华发、豪情不灭。自古书生意气在，竞风流慷慨补天裂。① 谢氏起，苻王别。②

星河寥落关山月。叹人间、不平常有，例何堪列？老尹曾挥英雄泪③，苏子流离曲折。④ 往事去、悲歌未歇。秋尽冬来长空冷，待乾坤横扫寒流彻。梅自傲，漫天雪。

---

① 意气人生，风流济世，慷慨报国，自古为中国知识分子向往之人生目标。魏征“人生感意气，功名谁复论”；王维“忘身辞凤阙，报国取龙庭”；苏轼“会挽雕弓如满月，西北望，射天狼”；辛弃疾“我最怜君中宵舞，道男儿到死心如铁。看试手，补天裂”等，无不如此。

② 谢氏：谢安，东晋人，少有重名，隐居会稽东山，年逾四十复出，官至宰相。苻王：苻坚，公元四世纪中国北方英雄人物，率前秦帝国统一北方。公元三八三年，苻坚率八十多万大军伐晋，谢安统领八万晋军，以少胜多，大败前秦军。

③ 老尹：指辛弃疾，曾任绍兴知府兼浙东路安抚使，尹为古代官名。姜白石《汉宫春·次韵稼轩》云“分付与、高怀老尹，管弦丝竹宁无。”英雄泪：辛弃疾《水龙吟·登建康赏心亭》云“倩何人唤取，红巾翠袖，揾英雄泪？”表达功业未就、有志难酬的苦闷。

④ 苏东坡志向高远，但一生颠沛流离，有“问汝平生功业，黄州惠州儋州”之叹。

鄱阳夜雨

——忆母亲当年下放片断

鄱阳夜雨挟风临，
村侧祠堂漏似淫。[①]
倾起瓢盆无接处，
相拥儿女御寒侵。[②]
水天汗漫泪眸远，
山壑睽离砖客音。[③]
正是华年当佩玉，
缘何世外伴潮吟？[④]

---

① 一九六八年冬，母亲下放至鄱阳湖畔都昌县北山公社胜利大队第五生产小队一个郭姓村庄，住祠堂侧屋。逢雨夜，屋内到处漏水，母亲不得不把所有能盛水的器皿都拿来接漏。

② 母亲下放时带了我和筠妹，我哥少文则留在外婆身边。时我十岁，筠八岁。

③ 砖客：其时父亲“靠边站”，下放至新建县砖瓦厂劳动。

④ 母亲出生于一九三五年，下放时三十三岁，正当青年。“文革”荒唐岁月荒唐事，耽误了多少人的青春和前途。

夜思

何故人生不趁意，
更深夜静问天台。
贾生但以长安重，
西子只从越地来。
江北江南皆是客，
堂前堂后尽尘埃。
我思故我人还在，
顿悟缘何不得开？

满江红

元旦感怀

羁旅江湖，今又是、香山冷月。听屋下、夏吟秋燥，旧盟都歇。[1] 东野苦思韩愈重，放翁岂料沈园别。[2] 倥偬间、寂寞赖诗书，新元接。

带湖美，啼恨鴂[3]；篱菊下，唯愉悦？[4] 老姜多挚友、一贫如阙[5]。莫怨人生多困窘，玉轮尚自存圆缺。且偷闲、看雪舞鱼龙，流星泄。

---

① 元旦之夜，一年里春燕呢喃、秋蝉鸣躁，北风之下，皆不复闻。

② 东野：唐诗人孟郊字。孟郊，著名苦吟派诗人，其作品得到文坛大家韩愈推崇。放翁：宋词人陆游字，其与唐琬的婚姻悲剧故事，流传至今。

③ 南宋辛弃疾罢官后在江西上饶带湖闲居十年，此十年为其词作大丰收的十年。带湖生活虽平静淡泊，但其壮志难酬，失意怨愤，有“啼鸟还知如许恨，料不啼清泪长啼血”（《贺新郎·别茂嘉十二弟》）之叹。鴂：鹈鴂，即杜鹃，叫声悲切。

④ 晋末陶渊明辞官归隐田园，虽“采菊东篱下，悠然见南山”，但也有“夏日常抱饥，寒夜无被眠”之烦。其《桃花源记》所描写之理想社会，则从另一视角表露其对现实之不满，同样也说明其心灵深处并未脱离现实。鲁迅说，陶渊明“除论客所佩服的‘悠然见南山’之外，也还有‘精卫衔微木，将以填沧海。刑天舞干戚，猛志固常在’之类的‘金刚怒目’式，在证明着他并非整天整夜的飘飘然”。（《题未定草》）

⑤ 老姜：南宋姜夔。姜夔一生往来游食于权贵朋友之间，自称四海尽知己，然亦叹无人能提携他摆脱穷困境地。

减字木兰花

送归①

涿州送罢，风起归途乌鹊乍。日暮关山，遍染红霞伴我还。

几声炮仗，辞旧迎新谁竞放？烟散枝桠，仍是西窗半月斜。

① 庚寅岁末，送刘芳至涿州后再返京城。

淡黄柳

辛卯清明寄双亲

潇潇雨歇，明又清明节。一夜乡思千里越。且把双亲耿事，[1]捎去青笺细相说。

正三月，东瀛大崩裂。[2] 二孙健，俱无缺。渐成熟长大成英杰。只待来年，伴春归返，携手碑前拜谒。

---

① 耿事：耿然于怀之心事。父母在世，最关心的是儿孙平安健康。特别是二孙俱在异国，犹为念怀。

② 是年三月十一日，日本东北地区发生里氏九级大地震，并引发海啸和核泄漏。时晨在九州，童正作伦敦游，皆平安无事。

忆余杭

一笑

（少时记忆之一）

遥忆惊鸾[1]，昔日娉婷身影远，微风动鬓出凡尘，一笑梦中存。

少年情窦谁能懂，却似大江起潮涌。历经沧海复何求，世事几春秋。

---

① 惊鸾：喻美女。六朝徐陵《玉台新咏序》有“惊鸾冶袖，时飘韩掾之香”之句。语本三国魏曹植《洛神赋》“翩若惊鸿”。

忆余杭

汉香[1]

（少时记忆之二）

遥想当年，少小离家身处远，[2]昌江岸上杜鹃开，绰约玉人来。

手敲盘碟唇轻启，似见洪湖碧波旖。[3] 角楼今尚有余香，梦里日悠长。

---

① 汉香，一九七〇年代江西省火电建设公司二处修配工段钳工班学徒。

② 我十七岁离家参加工作，在景德镇昌江边参建发电厂。

③ 汉香祖籍湖北，年少时喜歌舞，为工地文艺骨干。时风行歌剧电影《洪湖赤卫队》，汉香常取碟筷，自敲自唱。

忆余杭

向阳[1]

（少时记忆之三）

昔日青塘，有女同行成念想，[2]婷婷似月嫣如春，[3]思慕尚衣巾。[4]

花开花落知多少，月白镜青促人老。去年秋季返昌江，独自向斜阳。

---

① 向阳，一九七〇年代江西省火电建设公司二处修配工段钳工班学徒。

② 青塘，位于景德镇郊区昌江畔，系发电厂所在地。有女同行：《诗经·郑风·有女同车》"有女同行，颜如舜英"。

③ 嫣如春：语出南朝沈约《丽人赋》"亭亭似月，嬿婉如春"。

④ 衣巾：语出《诗经·郑风·出其东门》："出其东门，有女如云。虽则如云，匪我思存。缟衣綦巾，聊乐我员。"意思是虽有美女如云，但都不是我思念之人，只有那白衣绿巾的姑娘，才是让我快乐开心的人。

忆余杭

汉桥[1]

（少时记忆之四）

曾几相随，好作传杯壶里鬼，少年跋扈且飞扬，不醉也张狂。

学文从武分离久，岁月似歌转星斗。只因当日素交真，[2]兄弟谊长存。

---

① 汉桥，一九七〇年代江西省火电建设公司二处修配工段钳工班学徒。其时，我与汉桥意气相投，同居一室，常四处寻酒，大醉而归。汉桥于一九七八年参军去了东北。我后来考大学去了上海，从此天各一方。

② 素交：南朝梁文学家刘峻作《广绝交论》，认为所谓友谊，一谓“素交”，此乃真诚朋友之交，一谓“利交”，即利益之交。利交又分为五种，即“势交”“贿交”“谈交”“穷交”“量交”。这五类交情，就如集市买卖一样。

忆余杭

王罕[1]

（少时记忆之五）

常忆相携，游历江南城与野。长江雾漫笛声迟，船靠贵池时。

探询云海天都险，夕照歙州练江浅。石头城外别时匆，何日再相从？

① 王罕，一九七〇年代江西省火电建设公司二处修配工段钳工班学徒。一九八〇年夏高考结束后，我与王罕自九江出发，经贵池上黄山，并游歙县、苏杭、上海、南京等地。到南京后，我因接家里电话说已被大学录取，与王罕匆匆告别，先行回南昌。

忆余杭

文侠[1]

（少时记忆之六）

枰上风云，楚汉边城旌戟混。当时少小不知难，一马自当先。

汉关飞将威风起，谢氏策谋淡然里。[2] 自从相继别青塘，总念弈中郎。

---

① 文侠，一九七〇年代江西省火电建设公司二处修配工段钳工班学徒。有一年，工地举行工段间象棋比赛，文侠与我代表工段出战当时的工地冠亚军，皆大败对手。

② 汉关飞将：指西汉李广，匈奴称其为“飞将军”，唐人云“但使龙城飞将在，不教胡马度阴山”。谢氏：东晋谢安，曾指挥淝水之战，以少胜多，大败前秦苻坚。

忆余杭

庆三[①]

（少时记忆之七）

砂砾南疆，沟底腾炎山雪莽，阳关远去旧时人。征战又蒙尘。

梦回瓷镇无言歇，更忆九江一弯月。[②] 过年花甲不思还，挂碍小楼兰？

---

① 庆三，又名庆山，一九七〇年代江西省火电建设公司二处修配工段钳工班学徒。比我们晚一年进火电，但年纪比我们这一批早来的要大。我们这些学徒先后离开火电，庆三仍留在公司。前几年公司在新疆接变电站工程，庆三以近六十的高龄报名前往。二〇一一年六月，王罕给我发来庆三在新疆写的一首题为《托克逊感歌》的诗，其中有“日着单衣夜披袄，楼兰姑娘不愿留”之句。

② 瓷镇：景德镇。我们在景德镇工地时，工余经常呆坐在车间的工具箱上，各怀心思，相视无语。一九七七年底一九七八年初，我们的工地从景德镇迁往九江郊区。

浣溪沙

京涿道上

飘渺幽燕雾影重，庄迷径失鸟亡踪。归车驰寂一衰翁。

山水朦胧情万种，骚人独醒虑无穷。不如酌酒学陶公。

八六子

雾中七夕

雾难消。有情今夕,茫茫何处仙桥?叹万里迢遥河汉,两颗相守恒星,任凭寂寥。

凭窗思念如潮。仿佛巫山巴水,分明神女妖娆。[1] 独自里、沉吟旧时飘渺。柳堤冰浅,妙峰春短,相携燕赵夕阳唱晚,五台风雨相交。莫辞劳,归来共听洞箫。

---

① 巫山:在重庆巫山县南。巴水:指长江水。重庆东面长江水曲折三回如巴字,故曰“巴江”。传说巴子国由此得名。古渝、涪、忠、万等州均属巴国地,故此段长江常称巴水。神女:巫山有神女峰及传说。

满庭芳

古镇秋夜

秋月初升,碎银遍地,入夜稍许风凉。倚窗遐想,思远梦悠长。遥念当年北渡,恃年少,不避疏狂。三觞酒,轻歌一曲,醉里著文章。

迷茫如是夜。流年似水,鬓角添霜。问前半人生,底事而忙。多少烟云过眼,只留得、古镇愁肠。微风里,徘徊斜月,何处笛声扬?

钗头凤

涿州雨

人行止，蝉鸣已，古城迷漫龙蛇里。风声急，荷声密，辽时双塔，汉时痕迹。淅、淅、淅。

凭窗倚，凝眸睇，水天相逼秋思起。人生忆，路生棘，来途虽了，去途难识。觅、觅、觅。

忆秦娥

涿州月

蝉方歇,迎窗遥看鹅黄月。鹅黄月,一街灯火,两厢情切。

天行有序轮盈缺,人间无奈常相别。常相别,画楼西畔,那堪鹈鴂。

念奴娇

与国祺舅忆随母下放日[①]

朔风初起，五更流冷雾，弥江遮月。万缕离丝杨柳岸，前后拖船相接。汽笛声中，相携母子，不忍回头别。烟波湖上，始知庾信愁绝。[②]

倏忽四十三年，少年似我，鬓已如霜雪。杯酒相逢甥舅老，共把时光穿越。一代荒唐，满城下放，正值山河咽。便存忧虑，有谁堪与相说？

---

① 一九六八年十二月十五日，母亲自南昌下放至都昌县。是日清晨，寒气袭人。凌晨时分，国祺大舅从朋友那里借来的一辆中吉普，将母亲、我和筠妹送至抚河码头。一串驳船，载着教育系统的许多下放干部，穿越鄱阳湖，去往都昌"农村广阔天地"。当时父亲靠边站接受审查，不能相送。头天晚上，大舅与外婆帮助母亲通宵收拾行李。十五日，大舅一路护送我们去都昌。二〇一一年夏大舅来北方小住，与我谈及当年事。

② 庾信，南北朝文学家，著有《哀江南赋》等。传其《愁赋》中有"谁知一寸心，乃有万斛愁"之句。

醉花阴

寄子

（中秋寄语之一）

何处秋虫鸣老柳，月在云中走。玉露渐生凉，父子夷犹，同饮秋香酒。[1]

自从儿赴扶桑口，祝愿盈星斗。今日学成归，勿辞深耕，根实方长久。

① 秋香酒：即桂花酒。桂花别称众多。一种说法是，其花开于秋，旧说秋之神主西方，所以也称“西香”或“秋香”。

醉花阴

笛声

（中秋寄语之二）

何处笛声吹细柳，灯下沉吟久。举首望天空，不见婵娟，思念随云走。

东边无月西边有，是夜皆须酒。且问饮中人，去岁今宵，心事相同否？

醉花阴

飞鸿

（中秋寄语之三）

何处飞鸿惊岸柳，欲去还回首。万里越关山，便把诗文，捎与儿时友。

中秋过后重阳酒，风促黄花瘦。此愿诸仁兄，露重寒深，且把衣加厚。

水龙吟

辛卯八月十九作

梦萦五十三年，何曾梦觉楚台好。① 江南燕北，东瀛西岳，晨帆暮岛。恨别江淹，吟愁庾信，菊中陶老。② 忽断鸿声起，烂柯梦醒，凉风至，秋来早。

往日人生休道，怅秋风、绪余难了。三分子弟，仲谋才俊，琮禅难表。两宋风流，岳王遗憾，苏辛甚恼。③ 愿数间茅屋，枫林几簇，看云烟杳。

---

① 宋王安石《千秋岁引》："楚台风，庾楼月，宛如昨。"

② 江淹：南朝文学家，曾作《恨赋》《别赋》。陶老：陶渊明，东晋末期南朝宋初文学家。平生爱菊，宅边遍植菊花。"采菊东篱下，悠然见南山"（《饮酒》）至今脍炙人口。

③ 仲谋：孙权字，东汉末年长沙太守孙坚次子，三国时期吴国的开国皇帝，幼年跟随兄长孙策平定江东，孙策逝世后继位为江东之主。曾与刘备联盟击败曹操，形成天下三分局面。琮禅：指刘表儿子刘琮、刘备儿子刘禅。刘琮为东汉末年荆州牧刘表次子。刘表死后继承刘表官爵，曹操大军南下时，他举荆州而降。曹操曾叹曰："生子当如孙仲谋，刘景升儿子若豚犬耳"（《三国志·吴书》）。刘禅小名阿斗，三国时期蜀汉开国皇帝刘备的长子。刘备去世后继位蜀汉后主。公元二六三年蜀汉被曹魏所灭，刘禅投降曹魏，被封为安乐公。民间有"扶不起的阿斗"之谓。岳王：岳飞。苏辛：北宋苏轼、南宋辛弃疾。此皆为才高八斗之忠义之士，但壮志难酬，甚至蒙受不白之冤。

蝶恋花

橘子红时[①]

橘子红时初料峭。昏暗街灯，忐忑人行早。谁教少年生计讨，汗流浃背天方晓。

绿浅黄深香里跑。[②] 偶起童心，啖啖秋风扫。[③] 休说荒唐堪一笑，苦中有乐知多少。

---

① 一九七五年深秋季节，我在南昌市罐头啤酒厂做季节工，为时一个多月。其时高中毕业四个月，十七周岁刚过。这是我第一份有收入的临时工作。当时，�妹在同厂剥橘子皮，邻居谭光辉与我一组推运橘子皮。

② 绿浅黄深：橘子的颜色。

③ 我们一组六个毛头小伙，挥汗推车之余，也曾把整筐的橘子推到无人处，团团围坐，一通狂啖。

千秋岁

别礼祺舅[1]

曲终辞幕，笑貌音容驻。追往事，从何诉？时艰曾与共，无乐还欣豫。从不怨，此生节俭唯忠恕。

少小成蓝领，风雨江桥渡。[2] 曾作主，堪称柱。奈何时代变，命运流波付。[3] 今去矣，爷娘姐姐能相顾。

---

① 礼祺舅，母亲二弟。一九四一年农历十月初一出生于抗战逃难途中。二〇一一年十一月六日晚在南昌病逝，享年七十一岁。

② 礼祺舅自幼患病，自我有记忆起，他就和父母住在一起，后自己拆迁得房独立居住。小时候我住外婆家，礼祺舅常领我们上街玩。他成年后在昌北一个运输公司做工人，每天过八一大桥去上班。

③ 以前，在国营企业当工人地位崇高，被称为工人阶级先锋队，主人翁。其时有一份国营工厂的工作，就是捧上了铁饭碗。礼祺舅虽然身体不好，当时却是我们家腰板子最硬的人，收入不算低，存了“不少”钱，是家里的“富裕阶层”。后来，工人地位大不如前。礼祺舅当年的存款恍如一夜之间，变得微不足道。

木兰花

散步偶感[1]

环湖枯柳徐舒展，对岸雄鸡晨报晚。我与白石共夷犹，乍暖还寒春意浅。

曾经羁旅江湖远，遍历炎凉知冷暖。姜夔倘有二分田，岂复穷途无以返？

① 晨沿湖散步，并读姜夔词(《白石词笺注》)。又注：此系木兰花仄韵定格(见龙榆生《唐宋词格律》)。

南乡子

惊梦

梦祭沈园魂，落笔唏嘘往事存[1]。旧日恩缘流水付，何因，兀自凄凉泪眼昏？

辗转到凌晨，万籁无声晓雾浑。楼外平湖犹积雪，迷痕，去路维艰愁煞人。

① 沈园：绍兴宋代园林。南宋词人陆游的《钗头凤》，记述其与表妹唐琬的婚姻因父母干涉而不得不分手之事，该词作于陆唐离婚后在沈园偶遇之时。若干年后陆再到沈园，续作《沈园》二首，而此时唐琬已离世多年。

木兰花

夜来有风[1]

一夜飓风平地起，推石卷沙三万里。庭户肃，鸟消声，桂撅月娥无所倚。

借得好风除大雾，却有隔河如怨诉。天涯咫尺总相思，吹散鹊桥情怎渡？

---

① 是日白昼雾霾满天，午后渐有风，至晚成大风。是夜独坐于书房之中，听窗外风声呼啸，篱园孤枝被风吹得几欲拔地而起。又注：此系木兰花仄韵换韵格（见龙榆生《唐宋词格律》）。

曲玉管

篱园遐想

昨夜篱园，枯枝小径，空藤架上天垂斗。些许春寒依旧，斜顶南楼，月光柔。似见长安，衣冠云集，但看老少轩昂走。指点山河，意气方斥鸿猷，欲从头。

贾谊当初，也曾是、情怀天下。[1] 梦寻北国江南，心随玉带金瓯，傲神州。[2] 叹公难从俗，更有谗言梁丑。不如陶令，采菊篱前，胜似庄周。

---

① 贾谊：汉初著名文学家。十八岁有才名，由河南郡守吴公推荐，二十余岁被文帝召为博士。不到一年被破格提为太中大夫。二十三岁时因遭群臣忌恨，被贬为长沙王的太傅。后被召回长安，为梁怀王太傅。梁怀王坠马而死后，贾谊深自歉疚，三十三岁抑郁而死。主要作品有《过秦论》《论积贮疏》《陈政事疏》和《吊屈原赋》《鹏鸟赋》等。

② 玉带：古代官员所用的玉饰腰带，用以分别官阶之高低。金瓯：金的盆、盂之属。晋《搜神记》卷四："妇以金瓯、麝香囊与婿别，涕泣而分。"通常喻政权江山。

忆少年

推车送外祖父出游[①]

（系马桩儿时生活片断之一）

清汤馄饨，清凉米粉，清香粽叶。吆声散闾巷，正春分时节。

系马桩前车印辙，状元桥、小笼香彻。爷孙一蒸屉，已开怀相悦。

---

① 大约是一九六〇年代末，外祖父胡鲁良患病不能走路，舅舅们给他自制了一辆手推车，外出靠人推。那时我十岁左右，有一天，外祖父让我推着车陪他上街逛了一天。那一天，我们从系马桩家中出发，经中山路到洗马池万寿宫，走了很远的路。外祖父半路上买了小笼包子，味道鲜美，至今仍记忆犹新。

忆少年

挑水[1]

（系马桩儿时生活片断之二）

长天如火，长街焦灼，长流方蹙。黄昏欲挑水，已人头攒簇。

老少浑身皆湿漉，抢龙头、也施拳足。当年有谁在？似光辉宝叔。[2]

---

① 一九六〇年代的南昌系马桩，虽已不用在井里打水，但往往一条街共用一个水龙头。我外祖父家在系马桩六十八号，最近的水龙头设在系马桩街与松柏巷把角处。每天挑水是街坊们的日常功课。逢夏令炎热，或逢年过节，用水量大的时候，人多队长，难免拥挤甚至发生冲突。六十八号青壮年多，人多势众，"抢水"时往往能占些便宜。有一年春节，另一个院子的人就因抢水吃了亏，找人把我们院里一户人家的几兄弟给刺伤了。挑水，乃少年时代系马桩生活记忆深刻的事情之一。

② 光辉、宝叔：均为六十八号邻居。

忆少年

满宝学农归①

（系马桩儿时生活片断之三）

黄花小院，丝瓜架下，天方摸黑。乘凉老与少，正闲聊家国。

满宝匆匆门外入，学农归、遍身红湿。其时乱方起，渐前程莫测。

① 一九六〇年代，文化大革命快要开始的时候，小舅满宝在南昌一中读初中。那时我们还住在系马桩五十六号附二号，外祖父外祖母住后面小院一侧的平房里，父母住第一进的厢房。那年夏天的一个傍晚，我们小孩子照例在外祖父扎的丝瓜架子下，围坐在外祖父跟前，听他讲故事。突然满宝风尘赴赴地出现在众人面前。他是参加学校组织的学农刚回来，皮肤晒得黝黑。记得他卷起裤腿给外公看，密密麻麻地长满了痱子。其时，他初中还没毕业，还不知道再过些日子，他就要随上山下乡的洪流，被卷到赣南兴国山区当知识青年。

忆少年

邻家女①

（系马桩儿时生活片断之四）

无端骤雨，无言对视，无猜年月。偏楼始相识，又匆匆离别。

一去经年音讯绝，猝重逢、欲询还呐。人楼俱无矣，叹春消花折。

① 邻家女为系马桩六十八号后院偏屋住家之女。一九七六年初，我开始了学徒生涯，偶尔回外祖父家住时，与之认识。后来我去了景德镇和九江工地，回系马桩时还碰到过一次。又过数年，我去了外地，再回南昌时系马桩六十八号已同这条街许多有历史的宅院一样被拆得无影无踪，邻家女也早已离世……

兰陵王

清明

雨方歇，城北山蒙翠迭。情牵处，松柏扶栏，落寞风声怅啼鴂。山茶几度发？新叶，青碑点缀。遥相伴，烟渚古楼，无息江流似倾说。[①]

亲恩忆难绝。记老宅相依，新屋逞倔，鄱阳湖畔祠堂阔。[②] 犹白发身影，北行帮护，针针线线温暖结。感时泪沾睫。[③]

倏忽，白驹没。悼逝去年华，无可回折。霜鬓未觉青春别。况杏李零落，晚榆开彻。清明携酒，慰父母，醉共月。

---

① 父母墓地位于南昌城北青山墓园山坡上，与南昌老城隔赣江相望，遥遥有扬子洲、滕王阁相伴。是日，大雨初歇，与诸亲友同往扫墓。

② 老宅、新屋：前者指儿时居住的南昌系马桩五十六号、六十八号，后者指随父母先后住过的南昌三经路、东濠街、爱国路的居所。

③ 父母之恩岂能尽说，只感幼时相依，少时犯倔，少儿时代一直在父母身边生活，甚至母亲下放农村，也把我们带在身边。及至年长成家立业，父母仍不辞辛劳，帮助带孙子、料理家务。父亲离休之后，晚年每天要去原工作单位南昌七中传达室取报纸，并等候远在北方的我的来信……每每想起，不禁潸然泪下。

水调歌头

悼大舅[①]

热泪洒南北，晓雨报惊闻。[②] 西天远去仙鹤，载我舅家人。环宇祥云飘渺，太白星君引导，玉阙列新臣。今日脱凡俗，归位是真神。

怨芳草，啼杜鸟，葬亲魂。一江瀚墨，长流千古写晨昏。[③] 崇尚梅兰松竹，淡看功名利禄，谈笑杏花村。斗酒还能酌，遇事复谁陈？[④]

---

① 二〇一三年五月二十七日上午十时四十八分，国祺大舅于南昌病逝，享年七十五岁。

② 二十七日晨，先后接数次电话告大舅抢救情况。当即订机票、赶往机场。快十一点时，接电话说大舅已逝。是日北京小雨。飞机穿越云层，舷窗外白云浩瀚无边、翻腾似海，想起大舅此去不复得见，不禁热泪盈眶……

③ 大舅与赣江生死相依，赣江见证了他的品格，他的一生。

④ 大舅在兄弟中行大，是家族主心骨，他好酒而不误事，我们甥舅之间常有斟酌。

捣练子

秋夜

秋夜月，寂蛩吟，飒飒西风小院侵。窗外病枝还自弱，二更寒露愈忧心。

欲修园亭

倾立柱，落斜梁，岁久凉亭颓且荒。来日欲修吟月阁，自栽梅竹夜听香。

渡江云

仲秋

单衿晨已薄，草埋石径，枯叶半篱园。怅匆匆季节，又到中秋，雁阵叫声残。霜鬓易短，半世路、何忍回看。曾几时、念随思起，曲院锁孤单。

蹒跚，寒凝碧水，露起横枝，鸟归天向晚。坡上松、风中伫立，相候人还。苍髯莫惹伤心事，但至今、犹记乘肩。秋夜里，茫茫月色如烟。

鹧鸪天

读姜夔之一①

南渡一人词乐兼，暗香疏影自安恬。② 诸家奔走庙堂累，姜氏风流在闾阎。③

淮左旅，湘水檐，西楼冷月一钩纤。④ 平生知己难言少，穷困无携怅冷炎。⑤

---

① 姜夔，南宋著名词人，字尧章，一字石帚，别号白石道人，江西鄱阳人。

② 姜夔为宋朝著名音乐家，《宋史·乐志》有载。清冯煦《蒿庵论词》誉"白石为南渡一人，千秋论定"，此论单就词而言或可商榷，但若论词乐兼修，实不为过。南渡指宋朝廷南迁。《暗香》《疏影》皆为姜夔自创的著名词曲。

③ 同被称为两宋词坛大家的苏轼、辛弃疾、周邦彦虽有宦海奔波沉浮之苦，但都有长期做官的经历，衣食无忧。姜夔则基本没有做过官，一生依附于他人。

④ 姜夔少年失父，长年游食于扬州、合肥、长沙、苏州、杭州等地，或给人当教书先生。西楼，古代以西东分宾主，家塾教师和做官僚们私人秘书的"幕客"，都称为"西宾"，又称"西席"，主人称为"东家"。

⑤ 姜夔在《姜尧章自叙》中，列举郑侨、范成大、杨万里、萧德藻、朱熹、谢深甫、辛弃疾、孙逢吉、胡纮等许多人为知己，但又叹道："嗟乎！四海之内，知己者不为少矣，而未有能振之于窭困无聊之地者。"

鹧鸪天

读姜夔之二

潇洒清莹晋士流，朗吟独步似夷犹。① 鹅黄嫩绿无言萼，词笔春风写玉眸。②

居不定，食存忧，天涯羁旅夜莲愁。③ 早知今日沉吟苦，何种相思肥水头？④

---

① 姜夔年轻时“体貌清莹，望之若神仙中人”，“或夜深星月满垂，朗吟独步，每寒涛朔吹凛凛迫人，夷犹自若也”（《姜白石词笺注》前言）。《姜尧章自叙》说“参政范公以为翰墨人品，皆似晋、宋之雅士”。夷犹：从容不迫，悠闲之意。

② 姜夔多以梅柳喻人，有“看尽鹅黄嫩绿，都是江南旧相识”（《淡黄柳》）、“红萼无言耿相忆，长记曾携手处，千树压，西湖寒碧”（《暗香》）等名句。红萼，这里指红梅。

③ 夜莲愁：出自“谁教岁岁红莲夜，两处沉吟各自知”（《鹧鸪天·元夕有所梦》）。红莲夜，指元宵灯节。红莲，指莲花灯。

④ 姜夔《鹧鸪天·元夕有所梦》：“肥水东流无尽期，当初不合种相思。”他是个风流才子，游历又广，自然留情不少。据说其最刻骨的一段恋情，是合肥所遇勾栏姐妹（有说与其一人恋，有说他同时爱上了两姐妹）。有考证说姜夔传世八十四首词中，有二十一首是写恋情的，其中又以合肥女子为对象者居多。

鹧鸪天

读《广绝交论》[1]

刘峻犀文论五交，炎凉世态尽情嘲。[2] 星奔川骛趋名利，附凤攀龙气运捎。

任昉逝，子皆抛，金兰把臂影踪消。[3] 掀台到溉无须恨，自古几人如舜尧？[4]

---

① 刘峻，南朝梁文学家。东汉朱穆曾著《绝交论》以矫时弊。刘峻将其观点做进一步阐释并推广而写作此文，故名《广绝交论》。

② 五交：刘峻认为，所谓友谊，一谓“素交”，此乃真诚朋友之交，但“历万古而一遇”，自古以来没有几例。一谓“利交”，即利益之交。利交又分为五种情况：一是“势交”，二是“贿交”，三是“谈交”，四是“穷交”，五是“量交”。这五类交情，就如集市买卖一样。

③ 任昉：南朝梁文学家。《梁书》说，“昉好交结，奖进士友，得其延誉者，率多升擢，故衣冠贵游，莫不争与交好，坐上宾客，恒有数十。时人慕之，号曰任君，言如汉之三君也”。刘峻是任昉的朋友，他写作《广绝交论》的直接原因，是任昉死后，余下几子流离失所，而其在世时的知交，竟没有一个伸出援助之手的。

④ 到溉：任昉生前的朋友，少孤贫，与弟洽俱聪敏有才学，早为任昉所知，由是声名益广。据说到溉看到《广绝交论》后，觉得是在指责自己，气得推翻桌子，生了一辈子的气（“抵几于地，终身恨之”）。

鹧鸪天

读《乘舆箴》[①]

琼室瑶台祸起时，为君至患过无知。甘言讳病真为累，择用唯贤众奉之。

尼不竞，岳攀枝，潘家名誉有参差。[②] 无私敢作乘舆劝，龙甲凤毛今古师。[③]

---

① 潘尼，西晋文学家。官至太常卿。《乘舆箴》是其规劝皇室之作。乘舆：本指皇帝乘坐的车，或泛指皇帝所用器物，后来即用作皇帝代称。汉蔡邕《独断》："天子至尊，不敢渫渎言之，故托之于乘舆。"《乘舆箴》亦曰："不敢斥至尊之号，故以'乘舆'目篇。"

② 尼、岳：潘岳、潘尼为叔侄，皆以文名。潘岳长于诗赋，与陆机齐名，有"陆才如海，潘才如江"之赞。但史上对其曾谄事权贵贾谧而不屑。后为赵王司马伦及中书令孙秀所杀。潘尼则"性静退不竞，唯以勤学著述为事"。正因其性格恬淡谦逊，不竞名利，不恋官爵，故敢于直言箴规。

③ 明代学者张溥称潘尼《乘舆箴》有如"龙甲凤毛"之珍贵。

读《马汧督诔》之一[①]

羌氐犯孤城，狼烟数度惊。
良谋欺敌虏，奋勇挽危倾。[②]
生自亡中出，功由血里成。
但无潘岳笔，焉有马敦名？[③]

① 《马汧(qiān)督诔》：西晋潘岳作。马汧督：马敦，西晋扶风郡人，为汧县督守。汧县治所在今陕西陇县南，古属雍州。

② 西晋元康七年，雍州大饥荒，瘟疫遍起。羌、氐、胡等少数民族起兵造反。时属雍州的汧县城虽小而藏粮多，为叛军攻击的目标。马敦率县军民奋勇抗敌，保全了孤城。事后马敦却被打了败仗的上司嫉恨，寻机陷害，使其死于狱中。

③ 《马汧督诔》："知人未易，人未易知。嗟兹马生，位末名卑。西戎猾夏，乃奋其奇。"意思是，了解一个人不容易，一个人被人了解也不容易。可叹这位马先生，官居末位，默默无名，但因为在敌人猖獗的边疆任职，才在奋勇抗敌中显示出他的奇才。潘岳这番话说得有道理。但进一步想，假如这位在西部地区当县官的马敦先生，如果没有潘岳的这篇诔文，后人又怎么知道他的"奇"呢？可见，人因为环境和时势而得逞其才，却要通过传播才能出其名。酒香还是怕巷子深的。

读《马汧督诔》之二

嫉妒陷英雄，古今冤事同。
伏波无葬地，汧督丧牢中。[1]
纵有瑕疵在，何由忘大功？
逢时昏且聩，犹记洞庭东。[2]

---

① 东汉伏波将军马援得罪了光武帝刘秀的亲戚梁松、窦固等人，病死后被人诬告其趁打仗敛财，被追缴侯印，并不许葬入祖坟（后经马夫人不断上诉，皇帝才允其入祖坟）。

② 洞庭东：屈原生前遭遇排挤谤而被流放，终于自沉于洞庭湖东的汨罗江。

读《恨赋》[1]

按剑秦皇四海功，
欲斟赵虏叹途穷。
明妃去后紫台远，
中散魂消名曲终。[2]
休道身前遭际迥，
一般埋骨陇丘中。
人生苦短须珍惜，
切莫老来恨北风。

---

① 江淹（四四四年—五〇五年），字文通，南朝文学家，一生仕宋齐梁三朝。江淹是南朝与鲍照并称的辞赋大家。其《恨赋》《别赋》与鲍照《芜城赋》《舞鹤赋》俱为南朝辞赋佳作。《恨赋》论死，《别赋》论别。

② 《恨赋》列举了六个历史人物对于死亡之恨。此列其四，为成功者（秦始皇）、失败者（赵王）、失意美人（王昭君）、落魄文人（嵇康）。

水调歌头

端午悼屈原

五月望湘水，把酒悼怀沙。行吟郁结憔悴，孑孑夕阳斜。[①] 存虑曾询龟卜，辩志相谈渔父，寂寞欲登霞。一曲悲情赋，千古说奇葩。

贾生叹，司马慨，宋文嗟。[②] 翱翔彩凤，何以枭鸱总能遮？[③] 宁作兰摧玉折，抑或知危即撤？自古众声哗。[④] 惜哉屈夫子，何不走天涯。

---

① 怀沙：相传《怀沙》为屈原生前绝笔。《史记·屈原贾生列传》："乃作《怀沙》之赋……于是怀石遂自沉汨罗以死。"行吟：屈原《渔父》开篇描述自己"游于江潭，行吟泽畔，颜色憔悴，形容枯槁"。郁结：语出《怀沙》"郁结纡轸兮，离慜而长鞠"。

② 贾生：西汉贾谊过湘江而作《吊屈原赋》；司马：司马迁在《史记》中作《屈原贾生列传》；宋文：南朝宋颜延之途经汨罗江时作《祭屈原文》。

③ 语出贾谊《吊屈原赋》"鸾凤伏窜兮，鸱鸮翱翔"。鸮，《史记》作枭，音同。自古至今，小人们总是诋毁君子，并且总能得逞，例不可数也。

④ 兰摧玉折：颜延之《祭屈原文》中有"兰薰而摧，玉缜则折"，《世说新语·言语》记毛伯成称"宁为兰摧玉折，不作萧敷艾荣"。知危即撤：贾谊对屈原选择自尽之路不以为然，认为屈原可以"历九州而相其君兮，何必怀此都也？凤凰翔于千仞兮，览德辉而下之；见细德之险徵兮，遥增翮逝而去之"。

梁元帝

江左文星比宋唐，
金楼梁帝好华章。①
柏舟容与采莲赋，
露萎霜封秋月伤。②
可惜当朝无大略，
却将后主比先王。③
萧墙拆尽干城毁，
斫柱犹言书致亡。④

---

① 六朝文学家云蒸霞蔚，文学成就足与唐宋媲美。江左也叫“江东”，指长江下游南岸地区，也指东晋、宋、齐、梁、陈各朝统治的全部地区。梁为东晋之后偏安南方的四个朝代宋、齐、梁、陈之三，在历代取得文学地位的帝王之中，“四萧”（梁武帝萧衍与三个儿子萧统、萧纲、萧绎）堪比“三曹”（曹魏父子曹操、曹丕、曹植），梁元帝萧绎又为“四萧”中佼佼者，号“金楼子”。

② 柏舟：柏木做的小船。容与：迟缓从容的样子，语出梁元帝《采莲赋》。露萎霜封：语出梁元帝《荡妇秋思赋》“露萎庭蕙，霜封阶砌”。

③ 无论是萧衍还是萧绎，虽然文才出众，却无经世大略，以为自己可以叱咤风云，经常做一些超出能力，并导致自损乃至灭亡的蠢事。后主：这里指刘备儿子刘禅。先王：刘备。

④ 萧绎因为猜忌，置强敌于不顾，却残害自己的兄弟骨肉，自毁长城，最终导致覆亡。萧绎在西魏军队攻破其首都江陵前夕，将失败迁怒于书，说读书害了他，放火焚毁所藏十四万卷图书，其中有许多绝版珍本，并拔剑砍柱，说“文武之道，到今天为止”，意思是自周文王、武王以来的中国正统，到他这里就结束了。愚蠢狂妄之极，可见一斑。

鹧鸪天

江淹之才[①]

恨别泣灯千里哀，诗文骚赋手拈来。扫靡去艳同明远，树帜流声气象开。[②]

明抉择，释君怀，江郎岂止有文才。[③] 年华望暮多收敛，莫惹多疑梁武猜。[④]

---

① 《梁书·江淹传》说江淹“少以文章显，晚节才思微退，时人皆谓之才尽”。“江郎才尽”自此成为成语。

② 除《恨赋》《别赋》外，《泣赋》《灯赋》《哀千里赋》亦为江淹名作。其诗作尤善拟古，这使他在齐梁绮靡艳丽文风中独树一帜，写出了不少在流丽中带有峭拔苍劲气质的诗篇。明远：鲍照的字。

③ 江淹具有杰出的政治眼光和才能，历仕宋、齐、梁三朝。在宋时江淹曾与后为齐高帝的萧道成有五胜五败之对。齐东昏侯时有崔氏造反，率叛军围困京城，城内士族官僚纷纷投身于叛军门下，只有江淹称病不往。崔兵败后众皆服江淹有远见。后来成为梁武帝的萧衍起兵至新林时，士族官僚对他并不看好，江淹却脱去官服，投奔了萧衍。后萧衍称帝，江淹得到重用。

④ 明代张溥指出，“江文通遭逢梁武，年华望暮，不敢以文陵主，意同明远。”梁武：梁武帝萧衍，虽文学卓有成就但生性多疑。江淹晚年实际上是为了避免“文高盖主”招来不测之祸，而在文学上有所收敛，并不是什么江郎才尽。

鹧鸪天

鲍照之死[①]

夜半荆州战火纷，乱中失了鲍参军。[②] 可怜泻水流平地，空陇茕茕作野魂。[③]

伤逝赋，大雷文，千秋独唱凿山人。人微才秀湮当代，俊逸清深李杜存。[④]

---

① 鲍照（约四一五年—四七〇年），字明远，南朝宋文学家。曾任临海王刘子顼的前军参军、迁军刑狱参军，人称鲍参军。

② 宋泰始二年（四六六年），晋安王刘子勋造反称帝，刘子顼响应，时鲍照为子顼幕僚。后刘子勋败死，鲍照在荆州为乱军所杀。

③ 鲍照《拟行路难》之四：“泻水置平地。各自东西南北流。”意即人生就像将水倒在平地上，不由自主，依地势而流。《拟行路难》之十：“孤魂茕茕空陇间，独魄徘徊绕坟基。但闻风声野鸟吟，岂忆平生盛年时。为此令人多悲悒，君当纵意自熙怡。”

④ 伤逝赋：鲍照赋作之一。大雷文：《登大雷岸与妹书》。鲍照创作以诗为主，今存二百零四首，其风格俊逸豪放，对后世李白、岑参、高适、杜甫有较大影响。钟嵘《诗品》叹其“才秀人微，故取湮当代”；沈约《古诗源》称其“如五丁凿山，开人世所未有”；王夫之赞其“独唱千秋，更无和音”。

鹧鸪天

陶潜辞官[①]

爱菊爱诗爱看山，聚邻斗酒性情然。繁文缛节岂能忍，世事相违不复言。[②]

投刘裕，仕桓玄，心为形役十余年。[③] 设如陶令无归去，彭泽难言忧与欢。[④]

---

① 陶渊明（约三六五年—四二七年），字元亮，号五柳先生，世称靖节先生，入刘宋后改名潜。东晋末期南朝宋初期诗人、文学家、辞赋家、散文家。浔阳柴桑（今江西省九江市）人。曾做过祭酒、参军和县令等，后壮年辞官回家，从此隐居。田园生活是陶诗的主要题材，相关作品有《饮酒》《归园田居》《桃花源记（并诗）》《五柳先生传》《归去来兮辞》等。

② 《归去来兮辞》："世与我而相违，复驾言兮焉求！"

③ 《归去来兮辞》："既自以心为形役，奚惆怅而独悲！"

④ 一个天性不喜欢做官之人，倘若硬要其任官，于其治下是福是祸，不得而知。

念奴娇

读史有感

予观通史，叹兴亡千古，几多豪杰。万里江山方截取，何以骤然衰灭？父辈英雄，殚精竭虑，未料儿孙劣。文台有子，几人堪与超越？[1]

怎比按剑秦皇，无知二世，不识人间谲。[2] 蜀主西南成鼎足，阿斗出川还悦。[3] 斫柱焚书，后庭玉树，才艺虽称绝。[4] 业传纨绔，金瓯岂不残缺？

---

① 文台：三国孙坚字。孙坚子孙权，受父兄基业，于江东开创吴国，与魏蜀鼎立。曹操曾感慨说："生子当如孙仲谋。"

② 秦始皇扫平六国成一统，其死后二世胡亥执鼎，但耽于淫乐，不理朝政，大权旁落宦官赵高，赵诛杀智臣猛将，指鹿为马，终使强秦在内部瓦解与外部义军双重压力下崩溃。

③ 蜀主：三国刘备。阿斗：刘备子刘禅。

④ 斫柱焚书：南朝梁元帝萧绎事。后庭玉树：南朝陈后主事。

八声甘州

范仲淹新政

看衣冠楚楚满京华，庙堂众神忙。似春风又至，归来老范，其喜洋洋。① 锐意谋新革故，十事可担纲。② 但宁鸣无默，却胜刘郎。③

奢尚由来已久，更盘根错节，狼狈为猖。念移风北魏，拓跋有遗孀。④ 仅心怀、先忧之志，逆风来、宏愿化三光。⑤ 千年事、已随风去，意味悠长。

---

① 老范：北宋政治家、文学家范仲淹。其喜洋洋：范仲淹《岳阳楼记》“把酒临风，其喜洋洋”。

② 庆历三年（一〇四三年）九月，范仲淹认真总结从政二十八年来酝酿已久的改革思想，向宋仁宗呈上了著名的新政纲领《答手诏条陈十事》，提出了十项改革主张。

③ 宁鸣无默：据说，范仲淹被贬饶州时，在附近做县令的梅尧臣寄了一首《灵乌赋》给他，说他在朝中屡次直言，都被当作乌鸦的不祥叫声，愿他拴紧舌头，锁住嘴唇，除了吃喝之外，只管翱翔高飞。范仲淹回了一首《灵乌赋》给梅，说不管人们怎样厌恶乌鸦的哑哑之声，自己仍“宁鸣而死，不默而生”！刘郎：唐朝诗人刘禹锡，曾多次因言惹祸被贬。曾任监察御史，政治上主张革新，是王叔文派政治革新活动的中心人物之一。后来永贞革新失败被贬为朗州（今湖南常德）司马。

④ 移风北魏：北魏孝文帝时进行的改革。遗孀：指冯太后，北魏文成帝拓跋濬的妃子，后被册封为皇后。拓跋濬死后，冯氏控制政权。北魏献文帝尊冯氏为皇太后。在冯氏强力指导和辅佐下，北魏孝文帝把“太和改制”推向高潮。

⑤ 三光：庆历五年（一〇四五年），庆历新政改革失败，范仲淹再次被贬到外地。当时有王质扶病载酒相送，称“范君此行，尤为光耀”。范仲淹听罢大笑道：“仲淹前后已是三光了！”意即已三次遭贬。

鹧鸪天

王琨叹寿

自古昏君不算稀，无如江左宋和齐。[①] 萧侯暴戾真鲜见，[②]刘劭巫蛊莫足奇。[③]

苛政举，好淫欺，黎民社稷视为泥。王琨皓首悲长寿，听尽两朝帝鸟啼。[④]

---

① 南朝宋齐两朝合计八十三年，出了十五个皇帝，其中多为昏聩荒淫悖逆残暴之辈。清赵翼《廿二史札记》："古来荒乱之君，何代蔑有，然未有如江左宋、齐两朝之多者。"

② 萧侯：齐东昏侯萧宝卷，本名明贤。在位时"委任群小，诛杀宰臣，出游扰民，广建殿宇，穷极绮丽。府帑既尽，肆夺民财"（董文武译注《廿二史札记》）。后被杀。

③ 刘劭：南朝宋文帝长子，太子时以巫蛊害父，事发后杀文父自立。为孝武帝刘骏俘杀。

④ 王琨：东晋末年就在朝中做官，后为宋大臣，活了八十四岁，六十年间见证了十个皇帝走马灯式地你来我往。他曾目睹晋恭帝禅让宋开国皇帝刘裕，六十年后又目睹宋顺帝被迫禅位给齐开国皇帝萧道成。据说宋顺帝禅位时王琨痛哭流涕，说："人人都觉得长寿应该开心，唯独老臣我认为长寿实在让人悲伤。以至于这样的场面，居然一再亲历。"

尉迟杯

乙未端午

榴花吐。检小园、新绿迎重五。曲枝老杏犹残，藤架倭瓜将鼓。篱前翠鸟，三两只、婉啭闲消暑。薄荷丛、沁香缥缈，暗随迢递思绪。

一川烟草江南，依旧是、摇旗棹舟争渡。菖蒲雄黄共清尊，亭榭上、湘歌楚赋。登高望、苍茫故宇，欲投书、山重无觅处。但如见、衣袂飘飘，汨罗江畔凝伫。

第三卷

沁园春

听香园赞

吾爱斯庐。夙愿平生，今日已偿。恋花从四季，草随风动，枝摇露落，疏影流芳。潘氏闲居，庾郎既赋，也学东篱弄菊桑。[①] 西山远，看烟云缭绕，神女初妆。

晴窗几度斜阳。筑三径垂槐红杏旁。[②] 唤东坡太白，举杯同醉；花间温韦，月下听香。尽烛猜茶，将琴代语，归去来兮老是乡。[③] 得如此，便云台无迹，又有何妨？[④]

---

① 潘氏：西晋文学家潘岳，曾作《闲居赋》。庾郎：庾信，南北朝文学集大成者，曾作《小园赋》。

② 三径：常喻归隐者家园。晋赵岐《三辅决录·逃名》："蒋诩归乡里，荆棘塞门，舍中有三径，不出，唯求仲、羊仲从之游。"晋陶潜《归去来兮辞》："三径就荒，松菊犹存。"唐蒋防《题杜宾客新丰里幽居》："退迹依三径，辞荣继二疏。"苏轼《次韵周邠》："南迁欲举力田科，三径初成乐事多。"辛弃疾《沁园春·带湖新居将成》："三径初成，鹤怨猿惊，稼轩未来。"

③ 花间温韦：唐末诗人温庭筠和韦庄。温韦均为花间派词人，婉约派代表。尽烛猜茶：宋李清照与其夫赵明诚事，语出《金石录后序》。将琴代语：汉司马相如与妻卓文君事，语出传说中的司马相如琴曲《凤求凰》。

④ 云台：汉明帝永平年间，明帝追忆当年随其父打下东汉江山的功臣宿将，命绘二十八位功臣的画像于洛阳南宫的云台。

贺新郎

闻仲云兄将远行

月隐西窗雾。夜无眠、穹苍静宓，秒针如诉。默念仲云行将远，屈指相别几度？怅往事、夷齐吟驻。[①] 桂海阁前新酿酒，更香江北角斜阳暮。太谷钓，晋中路。

此行南国经纶务。慰平生、珠还合浦，桑榆凝露。[②] 且自乘风蓬岛去，环宇晶莹无数。当披衽、快哉人物![③] 欲效少陵东望岳，看万山红染漓江渡。谁共我，登高赋？

---

① 夷齐，兄弟。商末孤竹君有二子：长伯夷，次叔齐。

② 合浦为汉代郡名，今属广西。传说合浦盛产珍珠，因贪官搜刮，珠移别处。后来东汉孟尝守合浦，革前弊政，去珠因此复还。

③ 衽同襟。披襟，敞开衣服。战国楚宋玉《风赋》："有风飒然而至，王乃披襟而当之，曰：'快哉此风'！"物：入声字，此处以入代去（见《词林正韵》）。

临江仙

兄妹看海——寄胡筠

何处能寻昔日梦？金沙碧海天晴。遥观儿辈踏波行。[①] 滩头兄妹伞，往事伴风萦。

随母鄱阳同担月，都昌道上苔青。[②] 无忧湖畔笑声倾。红帆随鹭影，落日暗漪轻。

---

① 夏天，与筠妹并浪、童至北戴河避暑。

② 一九六〇年代末，我与筠妹随母亲下放至江西省都昌县鄱阳湖畔之北山公社胜利大队第五生产队。时年我十岁，妹八岁。

临江仙

香江夜饮[1]

忽忆香江同岁月，铜锣湾里氤氲。天星渡口笛声闻。小轮归港慢，岛上已黄昏。

灯火阑珊街市处，登楼酒味香醇。吟风论月且醺醺，不知时已过，又是二更深。

---

① 一九九〇年代初，与清月、仲云二兄共居香港。我与仲云时常于下班后，到清月房里酌酒谈天，每及深夜。

水调歌头

中秋寄少文[1]

目送数峰远，心慕雁行高。登临把酒南眺，日暮赣江桥。扬子洲头帆影，红谷滩前飞鹜，落霞伴秋潮。古巷飒风里，举盏似相邀。[2]

岁月惊，容颜改，半生劳。苏家往事，千里同望玉轮遥。[3] 犹记儿时兄弟，游戏纹枰天地，烛下慕英豪。[4] 振臂前堂侧，月挂后庭梢。

---

① 兄少文，居南昌，自小与我聚少离多。但兄弟之情弥深，儿时在系马桩、三经路、东濠街的共同岁月，至今历历在目。

② 少文所住之系马桩三眼井，为南昌古街，至今尚麻石铺路。

③ 苏轼苏辙兄弟情深。东坡"举杯邀明月，千里共婵娟"，写尽千古兄弟相念之情。

④ 我好围棋，而少文先识此道，我是在看他与邻居光辉鏖战时自然悟通的，可说是无师自通，也可说他们便是我的老师。我小时候最初接触的小说，是少文、光辉们借来的《七侠五义》《隋唐英雄传》等英雄小说。这些书往往被传阅得破烂不堪，他们轮着看完后，留给我的时间每每紧张不堪，须彻夜抢读。

临江仙

兄弟小聚

心有忧愁何处解？西环绿蚁新醅。彷徨犹豫掌中杯。何由烦且躁,气运总相违?

为有仲昆情义在,殷殷把盏相陪。抽丝剥茧理能推。一弯清夜月,照得彩云归。

忆江南

夜游申江[①]

（复旦新闻系同学会之一）

江船月，灯火外滩前。卅载重逢情尚在，少年往事已成烟。能不忆当年？

---

① 二〇一〇年十月，赴上海参加复旦大学新闻系八〇级入校三十周年同学聚会。当晚在上海同学安排下，乘船游览黄浦江。是夜秋月高悬，浦江两岸灯火通明，江上波光粼粼，船上欢声笑语。

忆江南

又到复旦

（复旦新闻系同学会之二）

多少次，梦里返学堂。六号楼前孺子路，[1]四年月下倚寒窗。转眼鬓飞霜。

① 六号楼为学生宿舍，当年新闻系与历史系同学同住此楼。

忆江南

昆山班会

（复旦新闻系同学会之三）

重相聚，欲认又疑迟。[1] 金带紫袍何必道，常怀吴下阿蒙时。[2] 满座尽相知。

---

① 同学会时当年师生共宴，与卅年未见之某同学邻座，其见我满头飞雪，犹豫着问我："您是教什么课的？"一时引为笑谈。

② 吴下阿蒙：指三国吴将吕蒙，其出身行伍没有文化，后经孙权劝学渐有学识，成为一代名将。

忆江南

重阳夜饮

(复旦新闻系同学会之四)

重阳夜,大闸蟹儿黄。酒饮千觞人未醉,相逢数语泪沾裳。念念在同窗。

闻火电旧友聚会歌以寄之

昨夜彤云隐汉河，
遥闻旧友管弦和。
一壶龙井撩谈兴，
几缕清香泛绪波。
烟水亭前青涩影，
锁江楼下徘徊多。[1]
江州司马已离去，
水上琵琶谁赠歌？

---

① 烟水亭、锁江楼：均为江西省九江市景观，前者相传为三国周瑜点将台故址；后者始建于明朝。一九七〇年代末，我在九江的电厂工地工作，常与伙伴们去这几个地方散步。

送别[1]

寒风夜动杜鹃枝，
衡岳飞逾归雁迟。
万里迢遥燕赵月，
一身潇洒邕江姿。
别时未敢半杯饮，
别后方尝百味滋。[2]
来日寻君八桂去，
功名山水尽成诗。

---

① 庚寅大雪日老友离京。

② 行前诸友于京西桂海阁设宴相送，其时我囿于血压偏高，未敢饮，仅以茶代酒。

忆江南

题友人照

瑶池夜，老莫酒风扬。玉女盈盈花正茂，高翁默默髭如霜。[1] 何事共华堂？

---

① 老莫：北京莫斯科餐厅，内有高尔基半身石雕像。是日朋友小聚，某友正坐于高尔基雕像下，老髯幼髻，皓首红颜，相映成趣，戏题之。

寒堤

寒气逼人鹘带霜，
城郊岁晚尽苍黄。
风吹落叶冰河冷，
斜照浅滩岸影长。
携手相依萧瑟里，
思幽寻迹老村旁。
休言放眼皆寥落，
冬去梨花十里香。

沁园春

除夕

一曲相思，萼动幽燕，雪化桂黔。念铁衣披雪，玉阑题笔，渔舟棹月，共沐春潜。[1] 灯火云间，隐然玉兔，贺岁声中幼鹊喃。鸳尊翠，正椒红柏绿，对影同酣。[2]

休言莫自凭栏[3]，古今事孤独皆不凡。有梅妻鹤子，湘书鹏鸟，曹霑好梦，傲诞王恬。[4] 快意人生，激情岁月，热闹须从寂寞参。迢遥夜，举杯邀南北，把酒来添。

---

① 元张可久《水仙子·乐闲》以“铁衣披雪紫金关，彩笔题花白玉阑，渔舟棹月黄芦岸”喻三种人生：戍守边关，弄才朝廷，退隐田园。此借喻各地亲朋好友共迎春节。

② 椒红柏绿：喻酒。椒红，以椒实泡酒，色发红；柏绿，以柏叶浸酒，色发绿。古代风俗，正月初一晚辈进柏、椒酒于家长，称觞举寿。对影同酣：是年春节我独自在北京守岁。

③ 莫自凭栏：南唐后主李煜《浪淘沙》：“独自莫凭栏，无限江山，别时容易见时难。”又：“栏”与本词用韵不在一个韵部，借用之。

④ 梅妻鹤子：宋朝林逋，孤高自好，喜恬淡不趋功名，隐居杭州孤山，一生不仕不娶，种梅养鹤，自谓“以梅为妻，以鹤为子”。湘书鹏鸟：汉朝贾谊被贬长沙，投书湘江吊唁与自己有相同遭遇的屈原；在长沙又写《鹏鸟赋》慨叹人世沧桑。曹霑好梦：清朝曹雪芹名曹霑，性格傲岸，愤世嫉俗，以一部《红楼梦》占据世界文学史一席之地。傲诞王恬：东晋丞相王导次子，性格傲诞，不拘礼法，但善围棋，为东晋第一。

风入松

初二立春怀旧

旧时巷陌旧时人，岁月老宅门。穿堂天井层层入，蝶相恋、后院花薰。腊月阖家归聚，坐围炭火烧盆。

春灯梯上闹仲昆，振臂小童奔。婿翁郎舅龙门摆，厨房里、蒸炒煎炖。最喜执着炮仗，年年皆报新春。

唐多令

远郊行[①]

青带绕黄峨，银妆裹碧沱。试下河、冰上凌波。莫道千山还寂寂，春已立，燕如梭。

晴日凯风和，冰融备笠蓑。待春深、莺舞樵歌。对面小村观景好，篱笆院，向阳坡。

① 正月初三游京西门头沟，时已立春，北方山区依然满目苍黄，唯一河冰莹，蜿蜒穿行于群峦之间，甚为怡目。

雪天[①]

远望西山隐，
雾生楼影朦。
絮飞天宇外，
独饮在云中。

① 我在京西二十二层高楼住了多年，朋友常羡“坐观西山，若在云中”。

风入松
腊月寻梅

清寒凝脂下溪流，冰漫栈桥头。[1] 樱桃谷底冬阳暖，杉松寂、斜影弯沟。欲问横枝放否？寻梅独自林叟。[2]

蓦然惊起几啁啾，禽影树前投。苍鳞曲干无言语，任相思、几度春秋。但看枝头消息，已知腊月将收。

---

① 腊月二十九的北京植物园樱桃沟，已是百日天晴，冬尽日暖，梅枝初苞方起，尚无开花动静。谷底溪水大都冰封，但有几处可见清澈水流，报春消息。蜿蜒栈道有几处为冰所没，形成冰桥奇观。

② 林叟，宋朝林逋，好梅花。

青玉案

闻盈江地震寄孔勒干①

当年同走滇西路，瑞丽朗，陇川雾。铜壁关前参古树。勒干英武，小黄妆素，思念常相顾。②

忽闻地动盈江渡，暴似蚩尤共工怒。顷刻房塌天地怖。傣家山寨，景颇傈僳，今可安如故？

---

① 盈江，云南西部少数民族聚居县，一多半人口为傣、景颇、傈僳、德昂、阿昌族等。二〇一一年三月十日盈江地区发生里氏五点八级地震。

② 二〇〇八年冬，我曾在云南省德宏傣族景颇族自治州做边疆民生调研，自昆明到德宏州首府芒市，由芒市到边境城市瑞丽，然后去陇川、盈江等县。孔勒干，景颇族人，时任副州长。小黄，为一同调研的德宏州女干部。

青玉案

闻东瀛地震致岩手县千叶君隆[①]

东瀛昨日传灾报，大地颤，风咆哮。浊浪排空东海啸。城隅倾颓，井衢水泡，烈焰冲星曜。

曾游岩手风光俏，千厩町前舞姿妙。月色农家堂满笑。此经危难，君隆老少，唯盼平安告。

① 二〇一一年三月十一日中午，日本东北地区发生里氏九级大地震并引发海啸，宫城、岩手、福岛等县受灾严重。千叶君隆，岩手县千厩町公务员。一九九〇年代中期我在日本游学时，曾去千厩町参加盂兰盆节祭祀活动，后为千厩町小学和南昌市豫章路小学结友好关系再去。千叶均为接待，并成为我的好友。

十六字令

风

风！呼啸旋扬宇宙中。尘埃尽,极目万山穷。

蝉

蝉！绿老荷深暑渐残。声声慢,不觉又秋还。

雷

雷！暴似蚩尤舞战锤。天容失,地裂万山摧。

浣溪沙

黄昏

落日红霞十八弯,清风送爽不思还。路旁农妇采芽兰。

玫瑰园中花满地,樱桃沟里果犹残。偷摘几把佐风餐。

鹧鸪天

送大舅之北戴河

昔日同船渡瀚鄱，今朝碧海看烟波。可堪今昔皆逢雨，送伞携行岁月歌。[1]

弯巷陌，柳婆娑，城中村里蔓青萝。[2] 来年但有京郊墅，避暑何须过戴河。

---

① 大舅因患病不耐南方暑热，我送他到北戴河过夏天。一九六八年底，大舅曾护送母亲、我和筠妹乘船过鄱阳湖到都昌。碰巧的是，我送大舅去北戴河和当年大舅送我们去都昌，都碰上下雨天。

② 大舅北戴河所宿之地，是一个名为"草厂"的城中村。

诉衷情

答远方朋友问香山近况

西园昨日雨潇潇，雾漫谷中桥。冷风寒寺黄叶，满目渐萧条。

听碎雨，染青毫，寄迢遥。香山依旧，冬令风高，春发樱桃。

调笑令

辛卯春节(五首)

过年

龙舞！龙舞！昨夜回归玉兔。年来岁往匆匆，千祈万愿诉同。同诉！同诉！何得光阴久驻？

滑雪

惊险！惊险！踏雪如飞橇板。一声大叫抱头，身躯腾起道“休”。休道！休道！陈朽焉如幼少？

夜饮

欢饮！欢饮！一饮千盅尚醒。故人明日东归，新醅今夜满杯。杯满！杯满！休叹人生苦短。

陪练

陪练！陪练！片刻浑身冒汗。手潮便敢驰行，乘兴哪管鹊惊。惊鹊！惊鹊！何日心思了却？

白发

惊讶！惊讶！客似东坡大驾。陶然皓首阿翁,[①]今古思量达通。[②] 通达！通达！休唱黄鸡白发。[③]

---

① 正月初五去做客,主人家孩子惊讶我满头白发。

② 苏东坡《八声甘州》:“不用思量今古,俯仰昔人非。”

③ 白居易《醉歌示妓人商玲珑》:“黄鸡催晓丑时鸣,白日催年酉前没。”苏东坡《浣溪沙》:“谁道人生无再少?门前流水尚能西。休将白发唱黄鸡。”黄鸡催晓、唱黄鸡:慨叹时光流逝。

临江仙

闻旧友重访青塘

满眼浮云何处起？江南古镇瓷乡。昌江岸上少年郎。一篙春水绿，十里杜鹃香。

倏忽数年人与事，青春已换沧桑。人生最易掷时光。相携寒雨里，惆怅是青塘。

癸巳春节七题

（一）新屋

当门福字贺新春，
柏绿椒红年味醇。
新屋提香老少乐，
座前更有归来人。[①]

（二）辞岁

小园残雪渐消融，
树上禽声唤凯风。
昨夜烟花辞旧岁，
人生不觉又匆匆。

① 是年春节全家在京郊新居度过，远在国外的儿子也回国过年。

（三）来客

午后窗前读宋词，
婵娟千里叹相知。
忽闻喜鹊枝头闹，
门外迎来周牧之。[1]

（四）来客

随风往事杯中求，
砖客药师岁月稠。[2]
转瞬还成隔世念，
新春追忆感如秋。

① 初二午后，牧之率小儿子定南来家做客。

② 初三，干兄卫东率全家八口来家做客。中午席间谈及“文革”时我父亲在江西省新建县下放往事。据卫东说，父亲是一九七二年从制药厂调到砖瓦厂的。其时母亲也从下放的都昌县调到新建县砖瓦厂，与父亲团聚。卫东其时在砖瓦厂当小工，我父母很喜欢这个灵活的“小鬼”，认其为干儿子。父亲调回城不久，将卫东也调回城里。

（五）做客

佳肴美酒聚华堂，
白发龙钟问少郎：[①]
二十余年犹一瞬，
当年小树可成梁？

（六）初五

鞭炮真能送五穷？[②]
家和才使万般通。
今朝游子又离去，
何日回头阖户同？

---

① 大年初四，是姑公林升寿八十八岁生日。每年这一天姑婆都要邀请在京亲友聚餐，是日我与刘芳率凡晨应邀前往。姑婆几次问到童，说好多年没看到他了。

② 初五是“送穷”的日子，要放鞭炮、大扫除和吃饺子。

（七）初六

转眼迎来启市天，
车如潮水涌关前。[1]
心为形役虽无奈，
但对春光自必先。

① 启市：旧时初六这一天人们开市做买卖，农民要准备下田春耕了。关前：京港澳高速杜家坎收费站，为北京西南大门。初六通过京港澳高速经杜家坎回京之车辆如潮。

听香园六记

（一）

西望群峦是太行[①]，
湖光山色伴斜阳。
平生偏爱草和树，
便把此乡当故乡。

（二）

篱园有木乏清泉，
秋草春花也可眠。
举首满天星伴月，
夜凉似水灌心田。

① 住所往西约十八公里，为山地和丘陵，有大房山、大安山、三角山、百花山、西占山等，均系太行山分支。

（三）

小园春早鸟声忙，
雪下已闻泥土芳。
待得百花齐放日，
葡萄架下可听香。

（四）

闽水湘山随嫩芽，
卢吟苏赋入清茶。[1]
闲情尽在春归处，
湖外斜阳抹杏桠。

---

① 卢吟苏赋：唐朝诗人卢仝好茶，其《走笔谢孟谏议寄新茶》广为流传，其中“七碗茶”之吟最为脍炙人口。北宋苏东坡好茶道，对品茶、烹茶、茶史等皆有研究，留下许多咏茶佳作。

（五）

冰湖倒影提香楼，
闲步却惊芦荻鸥。
鸥鸟不为形所役，
自无冰炭在心头。

（六）

寂静篱园石径荒，
枯枝俏鸟沐寒阳。
西风送冷不飘雪，
独对青炉空酒觞。

忆秦娥

次韵唐鑫见寄[①]

人情贵，客来树上禽声脆。禽声脆，清馨几缕，一壶茶水。

世人皆重真君绘，我携三友迎新岁。迎新岁，听香园里，二苏吟醉。[②]

---

① 同乡唐鑫初访吾居，填《忆秦娥》："春阳贵，孤桥傲卧湖冰脆。湖冰脆，天光云影，残雪清水。　小楼错落犹佳绘，院庭寂寥迎新岁。迎新岁，翠芽待发，西霞如醉。"

② 真君：赵公元帅，财神爷。传说姜子牙封赵公明为"金龙如意正一龙虎玄坛真君"，简称"玄坛真君"，又称"玄坛元帅"。统领"招宝天尊萧升"、"纳珍天尊曹宝"、"招财使者陈九公"、"利市仙官姚少司"四仙专司迎祥纳福、商贾买卖。民间习俗过年要挂财神爷年画以求财。三友：松竹梅岁寒三友。二苏：苏轼苏辙两兄弟。

南乡子

癸巳元宵记

何似少年郎？抖擞精神放炮忙。今夜春风撩白发，欢昂，休笑老夫颠且狂。

十五玉轮藏，为有浮云隐月光。却似人间常有憾，刚刚，游子传书不返乡。

一丛花

小园修整记

北园篱外乱伸枝，篱下草参差。开春欲种鲜蔬果，趁晴日、农具初持。除秽造垣，去藤扫径，枯叶一烧之。

辛劳不觉夕阳迟，体乏乐心滋。难从俗韵由来久，不如学、陶令归菑。[1] 何谓自由？何来快活？心远地偏时。[2]

---

① 俗韵：世俗。陶渊明《归园田居（其一）》："少无适俗韵，性本爱丘山。"菑：本意为初耕的田地，引伸为田园。王维《积雨辋川庄作》："积雨空林烟火迟，蒸藜炊黍饷东菑。"

② 陶渊明《饮酒（其五）》："结庐在人境，而无车马喧。问君何能尔？心远地自偏。"

浣溪沙

春耕遇大风沙①

蚊睫庾园乱草遮，②春来翻地去根渣。欲开菜圃育青瓜。

南市买齐肥与种，东乡备好铲和耙。耕时却遇大风沙。

① 从涿州买来麻酱肥料及菜种，从大兴张家借来锄头。是日上午与家人开始在院内翻地锄草，准备插秧，孰料当日京城遇大风沙，飓风把园西边的栅栏都吹翻了。

② 蚊睫：蚊子的睫毛。形容空间极小。《晏子春秋·外篇》："东海有虫巢于蚊睫，飞乳去来，而蚊不为惊。"庾园：小庭园。庾信曾作《小园赋》，中有"蜗角蚊睫，又足相容者也"。

满庭芳

入春

蚊睫庾园，藤亭小径，几番收尽春光。绿枝红乱，风送杏花扬。浇地荷锄白发，欢时务、劳忘壶浆。春来也，蜂勤蝶舞，晴日正悠长。

思量。时序换，烟云数载，再度刘郎。更人到中年，有侣贤芳。还了桃源夙愿，寻觅处、湖外斜阳。春声动，众生真谛，比比在春香。

清平乐

春夜

丁香初结，又惹相思切。更有落红痕满辙，惆怅春寒时节。

路遐欲托笺毫，奈何心绪如潮。淅沥篱园夜雨，西窗竹影轻摇。

夏日自遣十题

（一）收黄瓜

满园葱翠拥黄花，
几架竹枝垂嫩瓜。
草木何曾怨季节？
安随寒暑竞芳华。

（二）晨闻鸟鸣

晨闻翠鸟动情多，
此处唱来彼处和。
间有新蝉弹老调，
无妨竹里识湘娥。

（三）收杏

新收杏子一箩筐，
赠友送邻同品尝。
此物多情难锁得，
偏枝早已出篱墙。

（四）雨中

夜雨骤来湖鸟回，
雾迷三径柳烟堆。
雷鸣电闪天光处，
白发青丝伞下偎。

(五)夏雨

蓦地风来夏雨倾，
鹊群惊乍迅雷鸣。
隔帘摇曳西窗竹，
恰似江南水榭情。

(六)青番茄

叶大茎粗枝杆斜，
圆滑清润绿番茄。
街边此物皆红透，
何故我家不染霞？

（七）纳凉

微风去暑夜来迟，
老杏余香三两枝。
团扇清茶闲看月，
依稀旧日纳凉时。

（八）夏夜

花闲鸟静夜方酣，
独自露亭星汉参。
稚梦曾经寄北斗，
人生倏忽情何堪。

（九）小暑

避暑何须过戴河？
听香园里蔓青萝。
黄昏藤下一壶酒，
闲话当今美与俄。

（十）童趣

旧时蟋蟀何从寻？
墙角草间断续音。
坐忆幼年泥罐乐，
光阴去处是童心。

卜算子

戒酒之一

昔日住柴桑,[1]自认渊明友。[2] 一饮千盅不肯休,醉里乾坤有。

老大吾今衰,堪比当年否?痼疾缠绵不去身,且戒杯中酒。

---

① 柴桑:古柴桑县城在今九江西南。一九七〇年代末,我曾在九江居住两年。

② 渊明:陶渊明,浔阳柴桑人,好酒,有《饮酒》二十首。

卜算子

戒酒之二

枰上可驰骋，盏畔貔貅走。[①] 胜负酣然酒与棋，酒助雷霆手。

好弈烂柴柯，[②]会饮当三斗。莫使年华叹白头，且戒杯中酒。

---

① 枰：棋盘。纹枰对坐，下围棋。貔貅：传说中的一种凶猛的瑞兽，古代人们常用其作为军队的称呼。

② 烂柴柯：即烂柯。围棋典故，南朝梁任昉《述异记》："信安郡石室山，晋时王质伐木至，见童子数人棋而歌，质因听之。童子以一物与质，如枣核，质含之而不觉饥。俄顷，童子谓曰：'何不去？'质起视，斧柯尽烂。既归，无复时人。"

卜算子

戒酒之三

明月似娉婷，情挂重霄九。对影成三必举杯，桂下嫦娥瘦。

蒿草掩吴宫，[1]雁路胡笳骤。[2] 酒醒红颜俱已凋，且戒杯中酒。

---

① 西施事。春秋吴王宫殿，在阖闾城（今苏州），传说最有名的是为西施而筑的馆娃宫。

② 王昭君事。鲍照《王昭君》：“既事转蓬远，心随雁路绝。霜鞞旦夕惊，边笳中夜咽。”

卜算子

戒酒之四

善识伯牙琴,[①]患难夷齐叟。[②] 最是知音手足情,可使瓶香透。

鸿雁未南行,思念盈星斗。挚友遥行地尽头,且戒杯中酒。

---

① 《列子·汤问》:"伯牙善鼓琴,钟子期善听。伯牙鼓琴,志在高山,钟子期曰:'善哉,峨峨兮若泰山!'志在流水,钟子期曰:'善哉,洋洋兮若江河!'伯牙所念,钟子期必得之。"子期死,伯牙谓世再无知音,乃破琴绝弦,终身不复鼓。

② 《史记·伯夷列传》:"伯夷、叔齐,孤竹君之二子也。……义不食周粟,隐于首阳山,采薇而食之。……饿死于首阳山。"

卜算子

戒酒之五

老大好诗词,弄月吟风手。满酌花间柳岸前,一醉千行就。

谁似石湖公?白石穷来受。[1] 床下恒无打酒钱,[2]且戒杯中酒。

---

① 石湖公:范成大,晚年号石湖居士,南宋名臣,文学家。一生功成名就,生活优裕。白石:姜夔,宋词大家,一生颠沛流离,生活拮据。范姜为诗友,人生境遇却相去甚远。

② 鲍照《拟行路难》之五:"且愿得志数相就,床头恒有沽酒钱。"

长相思

秋日小令四题

（一）月下

秋无涯，夜无涯。湖上芰荷冷影挨，涟漪月下开。
西风来，北风来。落叶随波易感怀，心思谁可猜？

（二）七夕

山迢迢，水滔滔。隔岸银河万里遥，年年待鹊桥。
风飘飘，雨潇潇。浩瀚云天多寂寥，两心不动摇。

(三)秋分

阴一分,阳一分。寒暑平和日月均,惊雷难再闻。
晴也薰,雨也薰。丹桂飘香秋色醇,金秋胜似春。

(四)花生

落花生,收花生。一垄清香满院倾,小园秋色增。
种无声,长无声。枝短花微地下成,不图浮世名。

菩萨蛮

甲午新春寄友(一)

千山尽处邕江渡,江湖虽远留人驻。一去已三年,此功非等闲。

新春怀挚友,犹豫杯中酒。鸿雁每年回,吾兄何日归?

菩萨蛮

甲午新春寄友(二)

当年意气江南岸,青春可比山花灿。烟雨锁江楼,少年岂有愁。

双鬓生白发,往事还能察?倏忽又新春,迢遥思友人。

菩萨蛮

甲午新春寄友(三)

几声炮仗西窗晓,堂间忙碌新元饺。清静是书房,徐徐研墨香。

无端思绪远,谁赋春诗婉?片笺寄相知,欣然佳句时。

菩萨蛮

甲午新春寄友(四)

东瀛虽说风光好,不如故国春来早。节近酒生香,举杯思念长。

人皆嗟荏苒,但有君无憾。江左建成时,论功推牧之。

雪梅香

正月初八赏初雪[1]

絮飞洒，徘徊委积布苍茫。引骚人无数，沉吟雅曲华章。谢子神来雪成赋，柳公孤旷钓寒江。[2] 纵来晚，倩影翩翩，依旧风光。

徜徉，雪方霁，玉树冰庭，瓦上凝霜。雀鸟无声，小园午后斜阳。墙竹堆云自摇曳，角枝成素暗生香。询春意，雪化东风，皑覆芬芳。

① 是日凌晨，北京下入冬以来第一场雪，至傍晚方停。

② 谢子：谢惠连，南朝宋文学家，谢灵运族弟，十岁能文，曾作《雪赋》。柳公：唐柳宗元，其作《江雪》："千山鸟飞绝，万径人踪灭。孤舟蓑笠翁，独钓寒江雪。"

鹧鸪天

元夕深夜方归[①]

楼外东风花雨吹,鱼龙劲舞映天垂。[②] 灯前白发凝神处,案上红批新纸堆。

停驻笔,念之谁? 罗敷芳蔼倚窗扉。[③] 奈何冗务三更后,踏雪披寒夜半归。[④]

① 正月十五元宵节加班至深夜。

② 辛弃疾《青玉案》:"东风夜放花千树。更吹落,星如雨。宝马雕车香满路。凤箫声动,玉壶光转,一夜鱼龙舞。"

③ 罗敷:汉末至三国时期,对品行端庄美女的称呼。汉乐府《陌上桑》:"日出东南隅,照我秦氏楼。秦氏有好女,自名为罗敷。"乐府《孔雀东南飞》:"阿母谓府吏:'……东家有贤女,自名秦罗敷,可怜体无比,阿母为汝求……"芳蔼:三国曹植《洛神赋》:"微幽兰之芳蔼兮,步踟蹰于山隅。"

④ 元宵节前夕,北京下了这一年冬天的第二场雪,不大,但也白皑皑一片。

红林檎近

十一月二十三日

清峭一窗竹，去尘三径青。白驹过如瞬，岁寒又霜凝。还记当年暗许，空阶滴雨同听。帘外叶落声声，庾园也多情。

旦暮闻鹊噪，晴雪伴书筝。疏离月影，相携吟咏徐行。问何时能赋，当垆舞蝶？夜深轻曲还自萦。

沁园春

贺俊生哥八十寿辰

龟鹤相寻，岁月如歌，眉寿若川。① 看行吟泽畔，放鹰台下，雍容朗健，八十人间。② 稍让彭铿，直追帝舜，都道南山一老仙。③ 珞珈晚，正云蒸霞蔚，绚丽斑斓。

情怀万里江山。十四起披星戴晓寒。④ 似身居机要，蜀相谨慎；知人悉世，老子达观。⑤ 古井无波，秋筠有节，玉带金鱼作等闲。⑥ 从今始，算再来八十，还续新篇。

---

① 俊生哥：堂兄胡俊生，湖北沔阳（今仙桃）人，一九三五年一月二十八日出生。龟鹤：武汉有龟蛇二山隔江相对，蛇山有黄鹤楼。《述异记》载："龟一千年生毛，寿五千岁谓之神龟，寿一万年曰灵龟。"鹤在中国文化中是长寿、吉祥的象征。眉寿：长寿。《诗·豳风·七月》："为此春酒，以介眉寿。"高亨注："眉寿，长寿也。"

② 行吟泽：湖北为古楚之地，湖泊众多，语出屈原《渔父》。今武昌东湖有"行吟阁"。放鹰台：武昌附近有放鹰台遗址，相传李白在此放鹰而得名。

③ 彭铿：即彭祖，传说活了七百六十七岁。舜：中国上古五帝之一，活了一百一十多岁。

④ 一九四九年七月，才十四岁半的俊生哥在沔阳县政府参加革命。至一九九五年离休，有四十六年工龄。从一九五一年在荆州从事机要工作算起，从事机要工作凡四十四年。

⑤ 蜀相：诸葛亮，有"诸葛一生唯谨慎"之评。老子：李耳，著《道德经》。俊生哥身居重要岗位，极为严格自律。

⑥ 古井：枯井，喻内心恬静。筠：竹子。语出白居易《赠元稹》："无波古井水，有节秋竹竿"。此喻默默奉献在重要岗位上。玉带、金鱼：皆古代官员佩带之物，以显官爵、名利、地位。俊生哥工作做得出色，却从不计较名利得失。

念奴娇

贺刘芳任法官二十载

品性似竹，有清�劲骨，傲霜枝叶。心底无私明似镜，更有忧民情结。包拯开衙，皋陶行廌，执法还如铁。[1] 浮华世上，总听鹃泣鹊聒。[2]

巾帼岂让须眉？笃诚明允，堂上呈英杰。息讼宁人春意驻，巧断疑难机谲。两袖清风，一身正气，胸次山河阔。春来秋去，举头常是星月。

---

① 皋陶(gāo yáo)：传说其为黄帝长子少昊的后裔，生于尧帝之时，后被舜帝任命为掌管刑法的“理官”。其主要功绩是帮助尧舜禹推行“五刑”“五教”，被奉为中国司法鼻祖，常为狱官或狱神的代称。廌(zhì)：传说中能辨曲直是非的神兽，有三名，一为獬豸(xiè zhì)，二为独角兽，三为神羊。皋陶用獬豸治狱，令其触有犯罪嫌疑者，有罪则触，无罪则不触，以此来判定是否有罪。

② 鹃泣鹊聒：语出清朝戴璐《藤阴杂记》卷一：“看阶前草绿苔青，无非生意；听墙外鹃啼雀噪，恐有冤魂。”南阳知府衙门有一幅楹联即用此语。杜鹃因啼声凄苦，被用于形容人之悲怨之深。而古人认为鹊噪可预测吉凶之兆。

沁园春

贺南昌十中同学聚会

欣悦何来？昔日同窗，今又聚逢。看文君依旧，卓然风采；相如不老，谈笑从容。岁月睽违，霜寒砥砺，殊异人生潘鬓同。校园内，正相拥执手，泪眼蒙蒙。

年华一瞬匆匆，只记得当年懵懂中。忆阳明路上，青春作伴；扬子洲头，振臂相从。四十余年，千般思念，情满今宵翠玉盅。休惆怅，且放歌恣意，把酒东风。

忆余杭

盛夏

依旧炎阳,闲坐书斋听放榜。当年忐忑考棚行,道上也蝉鸣。

少年高志诗思里,幻海泛舟半生以。莫将明日付秋风,向晚看霞红。

鹧鸪天

送罗偲赴青岛[①]

潇洒书生辞帝都,胶州湾畔绘宏图。向洋冲浪为英杰,绝顶听涛心境舒。

伦敦塔,但丁庐,负笈万里拾真珠。[②] 此行齐鲁续追梦,自古山东出大儒。

---

① 罗偲,海归博士。在清华大学做了一段时间博士后之后,决定离京赴青岛任教。其曾在英国、意大利留学。

② 伦敦塔:英国伦敦标志性建筑。但丁:意大利诗人,出生于佛罗伦萨,著有《神曲》。

青玉案

山野黄昏[①]

游随兴起西山路，远岑墨、斜阳暮。寂静无声乡野渡。轻摇秀菊，浓荫村户，世外悠然处。

道旁酒旆扬湘楚，小菜清茶可消暑。且让时光稍止步，呼邀盟鸟，检巡空谷，同作闲情赋。

① 仲夏黄昏，与芳、童自京城沿108国道经潭柘寺、河北镇回听香园，途中山路蜿蜒，峭壁空谷，野花飘香，风景怡人。

附录:参考词牌

本集所参考词牌,以龙榆生《唐宋词格律》、杨文生《词谱简编》、《清真集校注》、《姜白石词笺注》等为主。黑体字为韵,“中”为可平可仄。按使用先后秩序排列。

《八声甘州》

仄中平仄仄仄平平,中中仄平**平**。仄平平中仄,中平中仄,中仄平**平**。中仄平平中仄,中仄仄平**平**。中仄平平仄,中仄平**平**。

中仄中平中仄,仄中平中仄,中仄平**平**。仄平平中仄,中仄仄平**平**。仄平平、中平平仄,仄中平、中仄仄平**平**。平平仄、仄平平仄,中仄平**平**。

《卜算子》

中仄仄平平,中仄平平**仄**。中仄平平仄仄平,中仄平平**仄**。

中仄仄平平,中仄平平**仄**。中仄平平仄仄平,中仄平平**仄**。

《江城子》(双调)

中平中仄仄平**平**。仄平**平**,仄平**平**。中仄平平,中仄仄平**平**。中仄中平平仄仄,平仄仄,仄平**平**。

中平中仄仄平**平**。仄平**平**,仄平**平**。中仄平平,中仄仄平**平**。中仄中平平仄仄,平仄仄,仄平**平**。

《定风波》

中仄平平仄仄**平**,中平中仄仄平**平**。中仄中平平仄**仄**,平**仄**,中平中仄仄平**平**。

中仄中平平仄**仄**,平**仄**,中平中仄仄平**平**。中仄中平平仄**仄**,平**仄**,中平中仄仄平**平**。

《踏莎行》

中仄平平,中平中**仄**,中平中仄平平**仄**。中平中仄仄平平,中平中仄平平**仄**。

中仄平平,中平中**仄**,中平中仄平平**仄**。中平中仄仄平平,中平中仄平平**仄**。

《离亭燕》

中仄中平平**仄**,平仄仄平平**仄**。中仄仄平平仄仄,仄仄中平平**仄**。仄仄仄平平,中仄中平平**仄**。

中仄中平平**仄**,平仄仄平平**仄**。中仄仄平平仄仄,仄仄中平平**仄**。仄仄仄平平，中仄中平平**仄**。

《水龙吟》（变格）

中平平仄平平仄，中仄中平平**仄**。中平仄仄，中平中仄，中平中**仄**。中仄平平，中平中仄，中平平**仄**。仄中平中仄，中平中仄，中平仄，平平**仄**。

中仄中平中**仄**，仄平平、中平平**仄**。中平中仄，中平平仄，中平平**仄**。中仄平平，中平中仄，中平平**仄**。仄平平仄仄，中平中仄，仄平平**仄**。

《水调歌头》

中仄仄平仄，中仄仄平**平**。中平中仄平中，中仄仄平**平**。中仄平平中仄，中仄平平中仄，中仄仄平**平**。中仄仄平仄，中仄仄平**平**。

中中中，中中仄，仄平**平**。中平中仄，平中平仄仄平**平**。中仄平平中仄，中仄平平中仄，中仄仄平**平**。中仄中平仄，中仄仄平**平**。

《清平乐》

中平中**仄**，中仄平平**仄**。中仄中平平仄**仄**，中仄中平中**仄**。

中平中仄平**平**，中平中仄平**平**。中仄中平中仄，中平中仄平**平**。

《多丽》

仄平平，中平中仄平**平**。仄平平、平平仄仄，中中中仄平**平**。仄平平、中平中仄，中中仄、中仄平**平**。中仄平平，平平仄仄，仄平平仄仄平**平**。仄中仄、中平平仄，中仄仄平**平**。平平仄、中平中仄，中仄平**平**。

仄平平、平平仄仄，仄中平仄平**平**。仄平平、仄平仄仄，中中中、平仄平**平**。中仄平平，中平仄仄，中平平仄仄平**平**。仄中仄、中平中仄，平仄仄平**平**。平平仄、中平中仄，中仄平**平**。

《鹧鸪天》

中仄平平中仄**平**，中平中仄仄平**平**。中平中仄平平仄，中仄平平中仄**平**。

平仄仄，仄平**平**。中平中仄仄平**平**。中平中仄平平仄，中仄平平中仄**平**。

《菩萨蛮》

中平中仄平平**仄**（仄韵一），中平中仄平平**仄**（叶仄韵一）。中仄仄平**平**（平韵一），中平平仄**平**（叶平韵一）。

中平平仄**仄**（仄韵二），中仄平平**仄**（叶仄韵二）。中仄仄平**平**(平韵二),中平平仄**平**(叶平韵二)。

《念奴娇》

中平中仄,仄平中中仄,中平平**仄**。中仄中平平仄仄,中仄中平平**仄**。中仄平平,中平中仄,中仄平平**仄**。中平中仄,仄平平仄中**仄**。

中仄中仄平平,中平中仄,中仄平平**仄**。中仄中平平仄仄,中仄中平平**仄**。中仄平平,中平中仄,中仄平平**仄**。中平平仄,仄平平仄平**仄**。

《满江红》

中仄平平,平中仄、中平中**仄**。平仄仄、仄平平仄,仄平中**仄**。中仄中平平仄仄,中平中仄平平**仄**。中中中、中仄仄平平,平平**仄**。

中中仄,平仄**仄**。平仄仄,平平**仄**。仄平平中仄,仄平平**仄**。中仄中平平仄仄,中平中仄平平**仄**。中中中、中仄仄平平,平平**仄**。

《望海潮》

平平平仄,平平中仄,平平仄仄平**平**。平仄仄平,平平仄仄,平平仄仄平**平**。平仄仄平**平**。仄平仄平仄,平仄平**平**。仄仄平平,仄平平仄仄平**平**。

平平仄仄平**平**。仄平平仄仄，中仄平**平**。平仄仄平，平平仄仄，平平仄仄平**平**。平仄仄平**平**。仄仄平中仄，平仄平**平**。中仄平平仄仄，平仄仄平**平**。

《西江月》

中仄中平平仄，中平中仄平**平**。中平中仄仄平**平**，中仄平平中**仄**。

中仄中平平仄，中平中仄平**平**。中平中仄仄平**平**，中仄平平中**仄**。

《满江红》（平韵）

平仄平平，中仄仄、平仄仄**平**。平中仄、仄平平仄，中仄平**平**。中仄平平平仄仄，中平平仄仄平**平**。仄中平、中仄仄平平，平仄**平**。

平中仄，平仄**平**。中中仄，仄平**平**。仄仄平平仄，中仄平**平**。中仄中平平仄仄，中平平仄仄平**平**。仄中平、中仄仄平平，平仄**平**。

《贺新郎》

中仄平平**仄**。仄平平、中平中仄，仄平平**仄**。中仄中平平中仄，中仄平平中**仄**。中仄仄、平平中**仄**。中仄中平平中仄，仄中平中仄平平**仄**。中仄仄，仄平**仄**。

中平中仄平平**仄**。仄平平、中平中仄,仄平平**仄**。中仄中平平中仄,中仄平平中**仄**。中仄仄、平平中**仄**。中仄中平平中仄,仄中平中仄平平**仄**。中仄仄,仄平**仄**。

《一萼红》

仄平**平**,仄中平中仄,中仄仄平**平**。中仄平平,中平中仄,中中平仄平**平**。仄中中、平平中仄。中中中、平仄仄平**平**。中仄平平,中平中仄,中仄平**平**。

中仄中平中仄,仄中平中仄,中仄平**平**。中仄平平,中平中仄,中中平仄平**平**。仄中中、平平中仄。中中中、平仄仄平**平**。中仄中平中平,中仄平**平**。

《虞美人》

中平中仄平平**仄**,中仄平平**仄**。中平中仄仄平**平**,中仄中平平仄仄平**平**。

中平中仄平平**仄**(仄韵二),中仄平平**仄**(叶仄韵二)。中平中仄仄平**平**(平韵二),中仄中平平仄仄平**平**(叶平韵二)。

《临江仙》(格三)

中仄中平平仄仄,中平中仄平**平**。中平中仄仄平**平**。中平平仄仄,中仄仄平**平**。

中仄中平平仄仄，中平中仄平平。中平中仄仄平平。中平平仄仄，中仄仄平平。

《南歌子》

仄仄平平仄，平平仄仄平。中平中仄仄平平，中仄中平中仄仄平平。

仄仄平平仄，平平仄仄平。中平中仄仄平平，中仄中平中仄仄平平。

《如梦令》

中仄中平平仄，中仄中平平仄。中仄仄平平，中仄仄平平仄。平仄，平仄（叠韵），中仄仄平平仄。

《忆江南》

平中仄，中仄仄平平。中仄中平平仄仄，中平中仄仄平平。中仄仄平平。

平中仄，中仄仄平平。中仄中平平仄仄，中平中仄仄平平。中仄仄平平。

《最高楼》

平平仄，平仄仄平平，中仄仄平平。中平中仄平平仄，中平中仄仄平平。仄平平，平仄仄，仄平平。

仄仄仄、仄平平仄**仄**，仄仄仄、仄平平仄**仄**。平仄仄，仄平**平**。中平中仄平平仄，中平中仄仄平**平**。仄平平，平仄仄，仄平**平**。

《凤凰台上忆吹箫》

平仄平平，仄平平仄，仄平平仄平**平**。仄仄平平仄，仄仄平**平**。平仄平平仄仄，平仄仄、仄仄平**平**。平平仄，平平仄仄，仄仄平**平**。

平平，仄平仄仄，平仄仄平平，仄仄平**平**。仄仄平平仄，平仄平**平**。平仄平平平仄，平仄仄、平仄平**平**。平平仄，平平仄平，仄仄平**平**。

《十六字令》

平。中仄平平仄仄**平**。平平仄，中仄仄平**平**。

《浪淘沙慢》

仄平仄，平平仄仄，仄仄平**仄**。平仄平平仄**仄**。平平仄仄仄**仄**。仄仄仄平平平仄**仄**。仄平仄、仄仄平**仄**。仄仄仄平平仄平仄，平平仄平**仄**。

平**仄**。仄平仄仄平**仄**。仄仄仄平平平平仄，仄仄平仄**仄**。平仄仄平平，平仄平**仄**。仄平仄**仄**。平仄平、平仄平平平**仄**。

平仄平平平平**仄**。平平仄、仄平仄**仄**。仄平仄、平平平仄**仄**。仄平仄、仄仄平平，仄仄仄，平平仄仄平平**仄**。

《蝶恋花（鹊踏枝）》

中仄中平平仄**仄**。中仄平平，中仄平平**仄**。中仄中平平仄**仄**，中平中仄平平**仄**。

中仄中平平仄**仄**。中仄平平，中仄平平**仄**。中仄中平平仄**仄**，中平中仄平平**仄**。

《法曲献仙音》

平仄平平，仄平平仄，仄仄平平平**仄**。仄仄平平，仄平平仄，平平仄仄平**仄**。仄仄仄平平仄，平平仄平**仄**。

仄平**仄**，仄平平、仄平平**仄**。平仄仄、平仄仄平平**仄**。仄仄仄平平，仄平平、平仄平**仄**。仄仄平平，仄平平、仄仄仄**仄**。仄平平平**仄**，仄仄平平平**仄**。

《河传》（格二）

平**仄**（仄韵一），平**仄**（叶仄韵一）。平平仄**仄**（叶仄韵一），仄平平**仄**（叶仄韵一）。仄平平仄仄平**平**。仄**平**（平韵一），仄平平仄**平**（叶平韵一）。

仄平仄仄平平**仄**（仄韵二）。仄平**仄**（叶仄韵二），仄仄平平**仄**（叶仄韵二）。仄平**平**（平韵二），仄仄**平**（叶平韵二），仄平（叶平韵二），仄平平仄平（叶平韵二）。

《忆旧游》

仄平平仄仄，仄仄平平，平仄平平。仄仄平平仄，仄平平仄仄，仄仄平平。仄平仄仄平仄，平仄仄平平。仄仄仄平平，平平仄仄，仄仄平平。

平平，仄平仄，仄仄仄平平，平仄平平。仄仄平平仄，仄平平平仄，平仄平平。仄平仄仄平仄，平仄仄平平。仄仄仄平平，平平仄仄平仄平。

《摸鱼儿》

仄平平、仄平平仄，平平平仄平仄。中平平仄平平仄，平仄仄平平仄。平仄仄，仄中仄、中平中仄平平仄。中平中仄。仄仄仄平平，中平中仄，中仄仄平仄。

平平仄，中仄平平仄仄，平平平仄平仄。中平中仄平平仄，中仄中平平仄。平仄仄，仄中仄、中平中仄平平仄。中平中仄。仄仄仄平平，中平中仄，中仄仄平仄。

《苏幕遮》

仄平平，平仄仄。中仄平平，中仄平平仄。中仄平平平仄仄。中仄平平，中仄平平仄。

仄平平，平仄仄。中仄平平，中仄平平仄。中仄平平平仄**仄**。中仄平平，中仄平平**仄**。

《八归》

平平仄仄，平平平仄，平仄仄仄中**仄**。平平仄仄平平仄，平仄平平平仄，仄平平**仄**。仄仄平平平仄仄，仄仄仄平平平**仄**。仄仄仄、仄仄平平，仄仄仄平**仄**。

平仄平平仄仄，平平平仄，仄仄平平平**仄**。仄平平仄，仄平平仄，平仄平平平**仄**。仄平平仄仄，仄仄平平仄平**仄**。平平仄、仄仄平仄，仄仄平平，平平平仄**仄**。

《红林檎近》

平仄平平仄，仄平平仄**平**。仄仄仄平仄，中平仄平**平**。中中平平仄仄，仄仄仄仄平**平**。仄仄中仄平**平**。平中仄平**平**。

仄仄平仄仄，中仄仄平**平**。平平仄仄，平平平仄平**平**。仄平平平仄，平平仄仄，仄平中仄平仄**平**。

《破阵子》

仄仄平平中仄，中平中仄平**平**。中仄中平平仄仄，中仄平平中仄**平**。中平中仄**平**。

仄仄平平中仄，中平中仄平**平**。中仄中平平仄仄，中仄平平中仄**平**。中平中仄**平**。

《少年游》

中平中仄仄平**平**，中仄仄平**平**。中平中仄，中平中仄，中仄仄平**平**。

中平中仄平平仄，中仄仄平**平**。中仄平平，中平中仄，中仄仄平**平**。

《西吴曲》

仄平平仄仄平**仄**，仄平平仄仄仄平**仄**。仄平平仄仄，平平平仄平**仄**。仄仄平平，平仄仄平平平**仄**。仄仄仄平仄平平，仄仄仄仄平平**仄**。

仄平平仄，平仄仄平平，平平仄平仄**仄**。仄仄**仄**。仄平平仄平平，平平平仄，仄仄平平仄**仄**。平平平仄，仄仄仄仄平平，平仄仄平平，平仄仄平**仄**。

《一剪梅》

中仄平平中仄**平**。中仄平平，中仄平**平**。中平中仄仄平平，中仄平平，中仄平**平**。

中仄平平中仄**平**。中仄平平，中仄平**平**。中平中仄仄平平，中仄平平，中仄平**平**。

《水龙吟》

中平中仄平平，中平中仄平平**仄**。中平中仄，中平中

仄，中平中**仄**。中仄平平，中平中仄，中平中**仄**。仄中平中仄，中平中仄，中平仄、平平**仄**。

中仄中平中**仄**，仄平平、中平中**仄**。中平中仄，中平中仄，中平中**仄**。中仄平平，中平中仄，中平中**仄**。仄中平中仄，中平中仄，仄平平**仄**。

《阮郎归》

中平平仄仄平**平**，平平中仄**平**。仄平平仄仄平**平**，中平中仄**平**。

平仄仄，仄平**平**，中平中仄**平**。中平中仄仄平**平**，中平中仄**平**。

《瑞龙吟》

中平**仄**，平仄仄仄平平，仄平中**仄**。平平中仄中平，中平仄仄，平平仄**仄**。

仄平**仄**，中仄仄平平仄，仄平中**仄**。平平中仄平平，中平中仄，平平仄**仄**。

平仄平平平仄，仄平中仄，中平平**仄**。中仄仄中平平，平仄平**仄**。平中中仄，平仄平平**仄**。平平仄、平平中仄，平平中**仄**。仄仄平平**仄**。仄平仄仄，平平仄**仄**。中仄平平**仄**，平仄仄，平平中平平**仄**。中平仄仄，中平中**仄**。

《扬州慢》

平仄平平，仄平平仄，仄平仄仄平**平**。仄平平仄仄，仄仄仄平**平**。仄平仄、平平仄仄，仄平平仄，平仄平**平**。仄平平、平仄平平，平仄平**平**。

仄平仄仄，仄平平、平仄平**平**。仄仄仄平平，平平仄仄，平仄平**平**。仄仄仄平平仄，平平仄、仄仄平**平**。仄平平平仄，平平平仄平**平**。

《洞仙歌》

中平中仄，仄中平平**仄**。中仄平平仄平**仄**。仄平平、中仄平仄平平，平中仄、中仄平平中**仄**。

中平平仄仄，中仄平平，中仄平平仄平**仄**。仄仄仄平平，仄仄平平，平中仄、中平中**仄**。仄中仄平平仄平平，仄仄仄平平，仄平平**仄**。

《望远行》

平平仄仄，平平仄、仄仄平平平**仄**。仄平平仄，仄仄平平，仄仄仄平平**仄**。仄仄平平，平仄仄平平仄，平仄仄平平**仄**。仄平平、平仄平平仄**仄**。

平**仄**，平仄仄平仄仄，仄仄仄、仄平平**仄**。仄仄仄平，仄平仄仄，平仄仄平平**仄**。平仄平平平仄，平平平仄，仄仄平平平**仄**。仄仄平平仄，平平平**仄**。

《忆秦娥》

平中**仄**，中平中仄平平**仄**。平平**仄**（叠韵），中平中仄，仄平平**仄**。

中平中仄平平**仄**，中平中仄平平**仄**。平平**仄**（叠韵），中平中仄，仄平平**仄**。

《曲玉管》

仄仄平平，平平仄仄，平平仄仄平平**仄**。仄仄平平平仄，平仄平**平**，仄平**平**。

仄仄平平，平平平仄，仄平仄仄平平**仄**。仄仄平平，仄仄平仄平**平**，仄平**平**。

仄仄平平，仄平仄、平平平仄，仄平仄仄平平，平平仄仄平**平**。仄平**平**。仄平平平仄，仄仄平平平仄，仄平平仄，仄仄平平，仄仄平**平**。

《鹊桥仙》

中平中**仄**（增韵），中平中**仄**（增韵），中仄中平中**仄**。中平中仄仄平平，仄中仄、平平中**仄**。

中平中**仄**（增韵），中平中**仄**（增韵），中仄中平中**仄**。中平中仄仄平平，仄中仄、平平中**仄**。

《青玉案》

中平中仄平平仄，仄中仄、平平仄。仄仄平平平仄仄。中平平仄，中平中仄，中仄平平仄。

中平中仄平平仄，中仄平平仄平仄。仄仄平平平仄仄。中平平仄，中平中仄，中仄平平仄。

《沁园春》

中仄平平，仄仄平平，仄仄仄平。仄中平中仄，中平中仄，中平中仄，中仄平平。中仄平平，中平中仄，中仄平平中仄平。平平仄，去中平中仄，中仄平平。

平平中仄平平，仄中仄平平中仄平。仄中平中仄，中平中仄，中平中仄，中仄平平。中仄平平，中平中仄，中仄平平中仄平。平平仄，仄中平中仄，中仄平平。

《减字木兰花》

中平中仄，中仄中平平仄仄。中仄平平，中仄平平中仄平。

中平中仄，中仄中平平仄仄。中仄平平，中仄平平中仄平。

《淡黄柳》

平平仄仄，平仄平平仄。仄仄平平平仄仄。仄仄平平仄仄，平仄平平仄平**仄**。

仄平**仄**，平平仄平**仄**。仄平仄，仄平**仄**。仄平平仄仄平平**仄**。仄仄平平，仄平平仄，平仄平平仄**仄**。

《忆余杭》

平仄平平，中仄平平平仄仄，平平仄仄仄平**平**（平韵一），中仄仄平**平**（叶平韵一）。

仄平平仄平平**仄**（仄韵），仄仄仄平仄平**仄**（叶仄韵）。仄平平仄仄平**平**（平韵二），仄仄仄平**平**（叶平韵二）。

《浣溪沙》

中仄中平中仄**平**，中平中仄仄平**平**。中平中仄仄平**平**。

中仄中平平仄仄，中平中仄仄平**平**。中平中仄仄平**平**。

《八六子》

仄平**平**，仄平平仄，中平中仄平**平**，仄仄仄中平中仄，仄平平仄平平，仄平仄**平**。

平平中仄平**平**。中仄中平平仄，中平中仄平**平**。仄仄仄、平平仄平平仄，仄平平仄，仄平平仄，平平仄仄平平仄仄，中平中仄平**平**。仄平**平**，平平仄平仄**平**。

《满庭芳》

中仄平平，中平中仄，仄中平仄平**平**。仄平平仄，平仄仄平**平**。中仄平平仄仄，中中仄、中仄平**平**。平平仄，中平中仄，中仄仄平**平**。

平**平**，平仄仄，平平仄仄，中仄平**平**。仄平仄平平，中仄平**平**。中仄中平仄仄，中中仄、中仄平**平**。平平仄，中平中仄，中仄仄平**平**。

《钗头凤》

平平**仄**（仄韵一），平平**仄**（叶仄韵一），仄平平仄平平**仄**（叶仄韵一）。平平**仄**（仄韵二），平平**仄**（叶仄韵二），中平平仄，仄平平**仄**（叶仄韵二）。**仄**（叶仄韵二），**仄**（叠韵），**仄**（叠韵）。

平平**仄**（叶仄韵一），平平**仄**（叶仄韵一），仄平平仄平平**仄**（叶仄韵一）。平平**仄**（叶仄韵二），平平**仄**（叶仄韵二），中平平仄，仄平平**仄**（叶仄韵二）。**仄**（叶仄韵二），**仄**（叠韵），**仄**（叠韵）。

《醉花阴》

中仄中平平仄**仄**，中仄平平**仄**。中仄仄平平，中仄平平，中仄平平**仄**。

中平中仄平平**仄**，仄仄平平**仄**。中仄仄平平，中仄平

平，中仄平平**仄**。

《千秋岁》

仄平平**仄**，平仄平平**仄**。平仄仄，平平**仄**。平平平仄仄，平仄平平**仄**。平仄仄，仄平仄仄平平**仄**。

仄仄平平**仄**，平仄平平**仄**。平仄仄，平平**仄**。仄平平仄仄，仄仄平平**仄**。平仄仄，仄平仄仄平平**仄**。

《木兰花》（仄韵定格）

中平中仄平平**仄**，中仄中平平仄**仄**。中平中仄仄平平，中仄中平平仄**仄**。

中平中仄平平**仄**，中仄中平平仄**仄**。中平中仄仄平平，中仄中平平仄**仄**。

《南乡子》

中仄仄平**平**，中仄平平仄仄**平**。中仄中平平仄仄，平**平**，中仄平平中仄**平**。

中仄仄平**平**，中仄平平仄仄**平**。中仄中平平仄仄，平**平**，中仄平平中仄**平**。

《木兰花》（仄韵换韵格）

仄仄仄平平仄**仄**（韵一），平仄仄平平仄**仄**（叶韵一）。

平仄仄，仄平平，仄仄仄平平仄**仄**（叶韵一）。

仄仄仄平平仄**仄**（换韵二），平仄仄平平仄**仄**（叶韵二）。平平仄仄仄平平，平仄仄平平仄**仄**（叶韵二）。

《忆少年》

平平中仄，平平仄仄，平平平**仄**。平平仄中仄，仄平平平**仄**。

仄仄平平平仄**仄**，仄平平、仄平平**仄**。平平仄平仄，仄平平中**仄**。

《兰陵王》

仄平**仄**，平仄平平仄**仄**。平平仄，平仄仄平，仄仄平平仄平**仄**。平平仄仄**仄**。平**仄**，平平仄**仄**。平平仄，平仄仄平，平仄平平仄平**仄**。

平平仄平**仄**。仄仄仄平平，平仄平**仄**。平平平仄平平**仄**。平仄仄平仄，仄平平仄，平平平仄仄仄**仄**，仄平仄平**仄**。

平**仄**，仄平**仄**。仄仄仄平平，平仄平**仄**。平平仄仄平平**仄**。仄仄仄平仄，仄平平**仄**。平平平仄，仄仄仄，仄仄**仄**。

《捣练子》

平仄仄，仄平**平**。仄仄平平仄仄**平**。中仄仄平平仄仄，仄平平仄仄平**平**。

《渡江云》

中平平仄仄，仄平仄仄，中仄仄平**平**。仄平平仄仄，仄仄平平，仄仄仄平**平**。平平仄仄，仄中中、中仄平**平**。平仄中、中平平仄，中仄仄平**平**。

平**平**，平平中仄，仄仄平平，仄平平中**仄**。平仄中、平平中仄，中仄平**平**。平平仄仄平平仄，仄仄中、平仄平**平**。平仄仄，平平仄仄平**平**。

（注：后片第四句押同部仄韵）

《尉迟杯》

平平**仄**。平仄仄、中仄中平**仄**。中平中仄中平，中仄中平平**仄**。平平仄仄，平仄仄、中仄中平**仄**。仄平平、仄平平仄，仄平平仄平**仄**。

中平中仄中平，平仄仄、平平仄平平**仄**。中仄中平仄平平，平仄仄、平平仄**仄**。平平仄、平平仄仄，仄平仄，中平平仄**仄**。仄平平、仄仄平平，仄平平仄平**仄**。

《风入松》

中平中仄仄平**平**，中仄仄平**平**。中平中仄平平仄，中平中、中仄平**平**。中仄平平平仄，中平中仄平**平**。

中平中仄仄平**平**，中仄仄平**平**。中平中仄平平仄，中平中、中仄平**平**。中仄平平平仄，中平中仄平**平**。

《唐多令》

平仄仄平**平**，中平中仄**平**。仄中平、中仄平**平**。中仄中平平仄仄，中中仄，仄平**平**。

平仄仄平**平**，中平中仄**平**。仄中平、中仄平**平**。中仄中平平仄仄，中中仄，仄平**平**。

《诉衷情》

中平中仄仄平**平**，中仄仄平**平**。中平中仄平仄，中仄仄平平。

平仄仄，仄平**平**，仄平**平**。中平平仄，中仄平平，中仄平**平**。

《调笑令》

平**仄**（仄韵一），平**仄**（叠韵），仄仄平平仄**仄**（叶仄韵一）。平平仄仄平**平**（平韵一），平平仄仄仄**平**（叶平韵一）。平**仄**（仄韵二），平**仄**（叠韵），平仄平平仄**仄**（叶仄韵二)。

《一丛花》

中平中仄仄平**平**,平仄仄平**平**。平平仄仄平平仄,仄平仄、中仄平**平**。平仄仄平,中平中仄,平仄仄平**平**。

平平中仄仄平**平**,中仄仄平**平**。平平仄仄平平仄,仄平仄、中仄平**平**。平仄仄平,中平中仄,中仄仄平**平**。

《长相思》

中中**平**,中中**平**(叠韵)。中仄平平中仄**平**,中平中仄**平**。

中中**平**,中中**平**(叠韵)。中仄平平中仄**平**,中平中仄**平**。

《雪梅香》

仄平仄,平平仄仄仄平**平**。仄平平平仄,平平仄仄平**平**。中仄平平仄平仄,仄平平仄仄平**平**。仄平仄,仄仄平平,平仄平**平**。

平**平**,仄平仄,仄仄平平,仄仄平**平**。仄仄平平,仄平仄仄平**平**。中仄平平仄平仄,仄平平仄仄平**平**。平平仄,仄仄平平,平仄平**平**。